KB253091

곤륜기신
崑崙氣神

해은 新무협 판타지 소설
FANTASTIC ORIENTAL HEROES

곤륜기신 4

해은 新무협 판타지 소설

초판 1쇄 찍은 날 § 2011년 4월 8일
초판 1쇄 펴낸 날 § 2011년 4월 15일

지은이 § 해은
펴낸이 § 서경석

총괄팀장 § 유경화
편집책임 § 박우진

펴낸곳 § 도서출판 청어람
등록번호 § 제1081-1-89호
등록일자 § 1999. 5. 31
어람번호 § 제2-2075호

주소 § 경기도 부천시 원미구 심곡2동 163-2 서경B/D 3F (우) 420-822
전화 § 032-656-4452 팩스 § 032-656-4453
http://www.chungeoram.com
E-mail § chungeoram@chungeoram.com

ⓒ 해은, 2010

ISBN 978-89-251-2483-4 04810
ISBN 978-89-251-2223-6 (세트)

※ 파본은 구입하신 서점에서 교환하여 드립니다.
※ 저자와 협의하여 인지를 붙이지 않습니다.
※ 이 책은 도서출판 청어람과 저작자의 계약에 의해 출판된 것이므로,
   무단 전재 및 유포 · 공유를 금합니다.

崑崙氣神

곤륜기신

해은 新무협 판타지 소설
FANTASTIC ORIENTAL HEROES

4

[완결]

도서출판 청어람

目次

第一章
소환명

웅, 우웅—

형형색색의 색깔을 담은 물감이 뿌려지듯 하늘 한복판에
서 그림이 완성되고 있었다.

고요한 주변의 모습과는 다르게 먼발치에 높게 솟아 있는
숭산의 전경은 한 음절로, 아니 긴 어절로도 형용할 수 없다.

마치 이세계에서나 볼 수 있을 법한 묘한 광경.

산이 깎이며 땅이 요동치는, 마치 천지개벽과도 같았다.

무슨 일이 벌어지고 있는 것인지 확실치 않았지만, 이렇게
먼 곳에서까지 보일 정도면 온 강호가 집중하고 있으리라.

"이게……."

서종대주이자 화산파의 장문인인 제현 명인은 멀지 않은 숭산에서 벌어지는 광경을 조용히 지켜보고 있었다.

피부로 느껴지는 공력의 움직임은 상상 그 이상을 초월했다.

안구에 내력을 얹어 바라보는 하늘은 뇌전을, 폭풍을 불러오고 있었다.

"길지 않은 세월이었지만 내 살아 생전 강호 어떤 곳에서 이와 비슷한 경우가 있다는 것을 본 적도, 또 들은 적도 없다."

제현 명인은 표정을 굳히며 그렇게 읊조렸다.

단아한 모습으로 그의 옆자리에 서 있던 적색 도포의 사내 역시 말했다.

"기우가 될지, 또 아닐지는 그 누구도 모른다는 소리이지요."

청량한 목소리의 주인공은 다름 아닌 사천당문의 문주 독왕(毒王) 당명운(唐明雲)이었다.

암기술과 독술의 절대적 초고수라 알려진 그가 자리하는 뒤에는 굳은 표정으로 숭산의 끝자락을 바라보는 당가의 수많은 독객 고수들이 함께하고 있었다.

뿐만 아니었다.

사천당문은 물론, 아미파의 법문이자 문주 혜연(蕙宴) 보살과 절대적 청풍검(淸風劍)의 검공으로 강호에 위명을 떨친 청성파의 장문인 청태섭(淸胎攝) 역시 그곳에 서 있었다.

남서 일대의 모용을 떨친 수많은 일류 고수들이 한 자리에 모여 있다는 사실.

그들 모두 저 멀리 숭산에서 벌어지는 기이한 광경을 그저 목도하고 있었다.

제현 명인은 뒤도 돌아보지 않고 손짓했다.

이내 가까이 다가온 제자 한 명에게 짤막히 말했다.

"동열대의 전서를 띄운다. 쉬지 않고 달려야 할 것이야."

함께 발을 맞추고 있던 수뇌부들은 의문의 표정을 지을 수밖에 없었다.

하지만 그들의 표정은 금세 풀렸다.

"서종대 전체 대기 명령을 내린다. 모든 준비는 일각 안에 끝내야만 할 것이다."

모두의 시선이 제현 명인에게 향했다.

"한달음에 삼문협 저지선을 넘는다.

쉽사리 끝나지 않을 것이라 예상되었던 서종대와 잠룡문도의 삼문협 전투.

침묵을 끝내며 먼저 칼을 빼 든 쪽은 잠룡문이 아닌 무림맹 연합 서종대였다.

서종대주 제현 명인의 선봉으로 수많은 절대고수들이 한 달음에 넘어선 접견지대에서의 전투는 폭풍과도 같이 거세게 밀어붙이는 서종대의 공격을 저지하지 못한 잠룡문도의 완패일 수밖에 없었다.

이번 전투의 승리로 무림맹은 숭산으로 한달음에 갈 수 있는 동서 지방의 교두보를 확보할 수 있었다.

서종대의 기세를 몰아 남동쪽에서 시작된 동열대의 북진 역시 운현현에 주둔 중인 또 다른 잠룡 주둔군과의 싸움에서 대승을 거두었다.

두 대규모 전투에서 내리 패한 잠룡문의 전세는 걷잡을 수 없을 정도로 추락할 뿐이었다.

*   *   *

비옥한 토지 또는 지역을 활성화시킬 수 있을 만한 특산 요소 같은 것이 없었기에 길림성(吉林省)의 료원현(遼源縣)은 유동인구가 적기로 잘 알려진 곳이었다.

우거진 나무와 병풍처럼 늘어선 산맥으로 인해 문물과 물자가 전해지기까지 오랜 시간이 걸렸다.

때문에 약초와 산에서 나는 과일 따위의 거래 외에는 자체적인 상권 역시 발달하지 못한 곳이 바로 료원현이었다.

워낙 성도와의 교류가 없었기 때문일까.

유일한 객잔이라 알려진, 마을 내 터를 내어 객당으로 쓰던 회관마저도 본래의 색을 잃어버리고 주민들의 담화장이 된 지는 이미 오래 전의 일이었다.

"하하하하……. 아랫마을 상근이 그 친구가 사흘 전 산에 올라 덩치가 이렇게나 큰 칡범 한 마리를 때려잡았다고 하더군."

"뭐라, 그 말이 사실인가? 순 허풍이 아니겠는가. 상근이 그 친구를 어떻게 믿고."

"나도 처음에는 그렇게 생각했네만 어젯밤 산책을 나왔다가 그 친구가 잡은 칡범의 호피를 볼 수 있었다지, 그 크기가 산만한 게 족히 장정 다섯 명이 둘러도 못 두를 것 같더군."

"오오오……."

윗마을 나무꾼 관성의 말에 자리에 모인 모든 사람들은 탄성을 내지를 수밖에 없었다.

허풍으로는 중원 둘째가라면 서러울 정도의 허풍쟁이 상근이 단신으로 만날 경우 기겁할 칡범을 만나 제압하고 호피를 취했다는 소식은 파장을 몰고 오기에 충분했다.

시간이 지날수록 이야기는 더욱 꽃을 피웠다.

사람들이 한 사람 두 사람 더 모이게 되면서 장내는 더욱 소란스러워졌다.

사내들의 대화에는 술이 따르는 법. 그렇게 한자리에 모인 모두는 집에서 아껴둔 음식과 술을 풀며 오랜만의 회포를 풀고 있었다.

얼마만큼의 시간이 흘렀을까.

방안으로 누군가가 들어왔다.

모든 사람의 이목이 집중된 그의 얼굴에는 수심이 가득했다.

궁금한 눈초리로 무리 중 한 사람이 말을 걸었다.

"아니, 태길이. 초상이라도 났는가, 무슨 일 있나?"

아랫마을 용손의 질문에 태길이라 불린 사내는 한숨을 땅이 꺼져라 내쉬더니 말을 이었다.

"얼마 전에 성도에 올라가 말 한 필과 소 한 마리를 사왔네만 아랫터에서 밭을 개간하던 소는 어느 날부터 시름시름 앓더니 죽고, 남아 있던 말 한 필마저도 매일 밤 설사를 하는 것이 주저앉아 일어나지도 못하더군……. 이를 어찌 하는 것이 좋을지 답답해서 한시도 가만히 못 있겠다네."

태길의 한숨 한 번이 모든 상황을 반증해 주는 것만 같았다.

좋은 방법이라도 한 마디씩 전해주고 싶은 것이 모두의 마음이었지만, 유일한 해결책이라 할 수 있는 마의(馬醫)를 찾아가라는 것 역시 당장은 불가능했다.

　마을이 워낙 외진 곳에 있기 때문인 것도 한몫했지만, 그렇게 하자니 와중에 어떤 변고가 말에게 닥칠지 몰랐기에 모든 상황을 심사숙고해야만 하는 상황이었다.

　흥이 들었던 분위기가 태길의 한숨으로 인해 깨진 가운데 함께 고민하던 응수가 허벅지를 때리며 말을 이었다.

　“이봐, 태길이. 윗마을 반장 선생 댁에 한번 찾아가 보세나.”

　“윗마을 반장 선생 댁은 갑자기 왜?”

　응수는 말을 받았다.

　“작년인가부터 반장 선생 댁에 무전취식하며 머무는 객이 한 분 계시는데, 반년 전부터는 밥값이라도 하겠다며 반장 선생을 도와 마을 학당 일을 돕기 시작했다네. 그 지혜롭다는 반장 선생보다 명석하고 의술에도 일가견이 있다 하더군.”

　“그것이 참말이라던가?”

　“그렇다네, 소문에는 다리를 절던 윗마을 영태, 은준이 그 친구들 모두 하나 같이 그 객의 도움으로 이제는 훌훌 털고 날아다닌다 하더란 말일세.”

　“오오…….”

　“분명 찾아가면 무슨 방법이라도 알려줄 거야.”

*　　　*　　　*

윗마을 반장 선생의 집에 기거하고 있다는 객의 용모는 생각 이상으로 젊었다.

꼬질꼬질한 마을 사람들과는 다르게 그가 보여주는 풍채는 성도에 사는 부호, 아니 황실의 장군감이라 해도 믿을 정도였다.

"독초를 먹었나 봅니다."

시름시름 앓으며 제대로 일어나지도 못했던 말은 언제 그랬냐는 듯 본래의 모습을 되찾았다.

객의 손길이 이어질 때마다 신이 난 듯 말은 푸드득거렸다.

"제대로 혼이 났으니 이제는 주인 분께서 주는 여물이 아닌 이상 입에 대지 못할 것입니다."

"도대체 풍산객(風山客)은 못하는 것이 무엇이란 말입니까."

풍산객. 바람처럼 산에 찾아온 손객이라 하여 갖게 된 칭호에 사내는 그저 웃었다.

주변은 이미 모여든 마을 사람들로 인해 북적거리고 있었다.

약을 먹인 것도 아니고, 특별한 처방 없이 손길 몇 번에 죽어가던 말이 살아났으니, 모두들 놀란 눈이 될 수밖에 없었다.

사내는 묵묵히 손끝을 바라보았다.

치료는 내력을 이용한 요상술의 위용을 빌린 것이었다.

무공의 무 자도 모르는 범인들이 감지하지 못한 것은 어쩌면 당연했다.

"세상에 공짜란 없는 법이지. 우리집으로 초대하겠네, 멧돼지 한 마리라도 잡지 않으면 미안해서 못 버틸 걸세."

"괜찮습니다."

"아니네. 가지."

한사코 거부하는 풍산객이었지만, 큰 은혜를 입은 사람이 된 것 마냥 태길은 그를 끌고 갔다.

정이 많은 마을 사람들이기 때문일까.

한 사람에게만 베푸는 것이 아닌 모두가 즐길 수 있을 만한 연회가 벌어졌고, 모두 그렇게 하나가 되어 즐거워했다.

한창 연회가 벌어졌지만 풍산객이라 불린 사내는 기회를 봐 빠져나오며 한숨을 내쉬었다.

"떠날 때가 되었다는 말인가."

그는 짧게 읊조리며 허리춤에 시선을 가져갔다.

바람에 의해 펄럭이는 도포 사이로 보이는 것은 다름 아닌 곤륜파의 상징, 낙화검이었다.

사내의 명호는 대운(大云). 지금은 뿔뿔이 흩어졌지만, 재난에서 살아남은 도가검수들을 통솔했던 상급대대의 대주였다.

그는 무림공적이라는 이유로 잠룡문을 피해 중원 이곳저곳을 누빌 수밖에 없었다. 흔적을 남기지 않기 위해 한곳에 오랫동안 머무를 수 없는 신분이었다.

"일 년이라. 비교적 오래 머물렀어……."

대운은 짧은 한숨과 함께 지난날을 회상했다.

곤륜산에서부터 도주를 시작한 지 어느덧 이십여 년이 넘게 흘렀다.

셀 수 없는 산전수전 속에 대운은 절정의 벽을 넘어 초절정에 이른 지 꽤나 오랜 시간이 지난 뒤였다.

힘을 가졌다는 데서 오는 감정은 오로지 복수에 대한 열망과 전장을 누비고 싶다는 마음이었다.

화경.

대운의 무위를 짧게 정의하는 데 부족함이 없는 단어.

하지만 대운은 주먹에서 힘을 풀었다.

"아직은 때가 아니다."

대운은 천천히 생각에 잠겼다. 명사산에서 흩어지기 전 유일하게 살아남은 장로 오율 진인의 마지막 한마디가 상기되었다.

"살아라. 끝까지 살아남아 자랑스러운 곤륜 제자임을 만방에 떨쳐라!"

　가슴이 절로 뛰는 짧은 말. 대운은 계속해서 과거를 상기했다.

　"너희가 가진 목숨은 너희의 것이 아니다. 오직 곤륜산에 하나뿐인 너희의 목숨을 담아라. 머지않아, 머지않아 또 다시 곤륜파의 호각이 중원 곳곳에 울리게 된다면 다시 찾아라."

　그날을 모든 제자는 어제의 일처럼 기억할 것이었다.
　대운은 주먹을 쥐었다.

　"너희들이 모두 알 수 있게끔, 중원 전체에 소식이 전해질 것이다, 그때까지 기필코 살아남아라!"

　"곧 그날이 올 것이다."
　청량한 바람이 불어왔다.
　이어지는 나른함을 즐기고 있던 대운은 인기척에 고개를 뒤로 돌렸다.
　익숙한 인상의 반장 선생이 모습을 드러냈다.
　"별일없는가?"

“반장 선생님.”

투박한 산사람의 외양을 하고 있는 마을 사람들과는 다르게 분위기부터 달라 보이는 인상.

가장 박식하다 알려져 있었기 때문일까, 아니면 온 마을 사람을 간접적으로 돌본다는 이유 때문일까.

모든 사람들은 그를 가리켜 반장 선생이라 불렀다.

“궁금한가 보군.”

“……”

대운은 반장 선생의 의미심장한 말에 그저 고개를 끄덕였다.

반장 선생은 뒷짐을 쥔 채 심드렁한 표정을 하며 말을 이었다.

“바깥세상이 그토록 궁금하다면, 직접 나가보는 것이 오히려 좋은 판단이라 생각하는데.”

반장 선생의 말에 대운은 그저 입을 닫았다.

숨겨진 곡절이 있다는 듯 여운이 흘렀고, 반장 선생은 그저 계속해서 말을 이었다.

“마침 아랫마을 송태가 성도에 내려갔다 기괴한 소문을 들었다더군. 하남성 서쪽 하늘이 무언가에 의해 찢어발겨졌다는 소식이 있었다네. 무슨 표현이 그러하냐고? 사실 마땅히 형용할 방법이 없어 이렇게밖에는 말할 수 없겠군. 폭풍이 하늘을 수놓았고, 하남성 전체가 울릴 만큼 천둥과 번개가 가득 메웠다는 것만이 내가 아는 전부일세.”

대운은 놀란 눈이 되어 선생으로부터 전해진 내용을 상기했다.

‘숭산 전체가 울리며 하남성이 뒤흔들렸다면, 필시 온 강호가 집중했을만한 일이다……’

대운은 명사산 기지에서 해산과 함께 마지막으로 훗날을 약속한 오율 진인의 말을 잊을 수 없었다.

“다시 찾아라.”

끊임없이 도주와 수련을 반복하면서 얻고자 한 소식은 오직 하나. 오율 진인이 암시한 그 한마디뿐이었다.

대운은 여러 가지 생각을 조합해가며 상념을 하나로 정리했다.

‘분명 기이한 일이기는 하나 장로님께서 암시했던 알림이라 속단하기에는 어려운 면이 있다. 갑작스러운 자연현상을 민감하게 받아드리는 것일 수도 있으니.’

대운은 반장 선생에게 시선을 고정했다. 수염을 만지작거린 그는 말을 이었다.

“시국이 흉흉한지라 별별 일이 중원 곳곳에서 벌어지고 있다네, 각원단이라 들어는 보았나?”

대운은 익숙한 단어의 등장에 표정을 굳혔다. 반장 선생의 말은 계속되었다.

“호남성 내에서는 물론 온 강호내에서도 손가락에 꼽히는 잠룡문 최대의 분타라지. 수많은 곡절이 있었어도 무너지지 않았던 그곳이 단신으로 찾아온 누군가에게 풍비박산이 났다지.”

혹시나 했던 대운의 눈동자가 커지는 순간이었다.

갑작스러운 대운의 반응에 선생은 짧게 미소를 지으며 말을 이었다.

“소식을 듣고 분타를 구하기 위해 중원 각지에서 절정 고수 수백 명이 파견되었네만, 파견되는 족족 그의 일검에 종잇장이 베이듯 양단되고 있다더군.”

“…아직도 싸움이 이어지고 있다는 말입니까?”

“그렇다네.”

대운은 무의식적으로 허리춤에 매어 있는 낙화검을 확인했다. 서종대와 동열대, 잠룡문을 향한 직접적인 대응과 압박이 이어지는 가운데, 각원단 역시 전체적으로 비상이 걸린 상태였을 것이다.

한 순간의 방심도 용납할 수 없는 가운데, 단신으로 누군가 공격해 들어갔다는 소식은…….

대운은 생각했다.

오율 진인일 가능성이 높았다. 아니, 자신이 오율 진인이었어도 동일한 방법을 택했을 것이었다.

중원 각지에 숨어든 곤륜 도인을 소환할 수 있는 소환명.

그것이 오율진인으로부터 지금 이어지고 있었던 것이었다.

대운은 생각을 정리하며 선생을 바라보았다.

"시간이 다 된 것 같습니다. 그동안의 배려, 감사 드립니다."

대운은 그 말을 끝으로 절도있게, 기본적인 목례가 아닌 포권을 쥐었다.

그 예우가 선배 도승에게 하는 것과 같이 각이 잡혀 있었기에, 선생 역시 놀란 눈이 되었다.

철새 떼가 갑작스럽게 머리 위로 날아간다. 선생은 무의식적으로 하늘을 바라보았다.

그사이 잠시 눈앞에 있던 대운의 존재는 흔적도 없이, 잔상조차 남기지 않고 사라졌다.

기괴한 광경에 선생은 뒷짐을 쥔 채로 먼 산을 바라볼 뿐이었다.

*　　*　　*

가슴이 답답할 정도로 숨소리가 격하게 이어진다.

비스듬히 고쳐 잡은 칼날의 끝은 듬성듬성 이가 빠졌어도, 그 날카로움은 누구의 것과도 비견할 수 없다.

하얀 섬광이 이어지며 검신이 요동쳤다. 주위를 가득 포위한 청의인들은 약속이라도 한 듯이 시퍼런 검강을 가득 시전하며 쇄도했다.

사방으로 정교한 찌르기가 이어졌다. 퇴로는 물론 단 한 치의 오차도 찾아볼 수 없는 맹공이었다.

검면을 손바닥에 가져간 그는 무릎을 기계적으로 꺾으며 미끄럼질 친다.

촤차착―

그의 머리 위로 파괴적인 절정의 일초들이 모여들었다.

우두두둑―

근육이 끊어지는 고통을 마른침과 함께 삼킨 그는 미증유의 힘을 발휘하여 수직으로 손을 뻗었다.

"하앗!"

패도적인 기합소리와 함께 엄청난 공력이 두 손을 통해 뿜어져 나왔다.

반사적으로 전해지는 완력을 이기지 못해 두 팔이 젖혀지는 청의인들에게 거친 심판이 내려진다.

─태청용형검(太淸龍形劍) 극단 환고청렴(煥皐淸斂).

곤륜파의 검법이었다.

청산유수와도 같은 매끄러운 춤사위가 청의인들을 향했다.

찰나에 가벼운 깃털이 지나갔다 느꼈을 뿐인데, 그들의 팔과 다리는 어느덧 공중으로 분해된 뒤였다.

"으아아악!"

비명소리 따위는 금세 분위기에 묻힌다.

분노로 일그러진 사내.

오율 진인의 움직임은 지치지 않고 끊임없이 이어질 뿐이었다.

바람이 흩날렸다.

불어오는 미풍은 얇게 베인 검상에 간지럼을 더한다. 자극은 행동으로 이어졌고, 행동은 검무로 이어졌다.

오율 진인은 생각에 잠겼다.

얼마만큼 시간이 지났는지 이제는 감각조차 없었다. 이젠 힘이 아닌 정신력으로 버티고 있었다.

오율 진인은 무의식적으로 고개를 올려 각원단 총단의 꼭대기에 있는 조형물, 쌍룡을 바라보았다.

잠룡문의 상징.

반사적으로 피가 들끓으며 전신에 보이지 않는 채찍질이 이어졌다.

그렇게 그는 검무를 멈추지 않을 뿐이었다.

"하아……."

얼마나 시간이 흘렀을까? 오율 진인은 낙화검이 들려 있는 오른팔을 축 늘어뜨렸다.

수백 구의 시체가 주변에 가득했다.

잔혹한 모습임에 분명했지만 지난 이십여 년 동안 잠룡문의 핍박에 시달렸던 곤륜파의 역사를 돌아보면 절대 잔혹하지 않았다.

늘어뜨렸던 낙화검이 다시금 수직으로 올라간다.

잠시 눈을 감았다고 생각했거늘, 어느덧 주변에는 적색의 적월검을 뜬 서른 명을 웃도는 적들이 출현해 있다.

전해져 오는 풍채만으로도 절대고수의 모용을 느낄 수 있었다.

그만큼 그들이 가진 공력은 상상을 초월했다.

"은거하던 절대 사파의 마두가 출두한 것이 아니라면 실망할 뻔했다."

지독할 정도로 푸른 청의.

오율 진인의 눈동자는 분노로 인해 빨갛게 충혈되었다.

낮은 음성으로 말을 내뱉으며 앞으로 두 보 이상 발걸음을 한 존재. 잠룡십존이자 곤륜산을 가장 먼저 참혹히 짓밟은 하남장로 율거 도인이었다.

오율 진인의 주변을 가로막은 고수는 율거 도인뿐만이 아니었다.

남겨진 원혼마저 자비없이 위압감으로 소멸시켜 버린다는 안휘장로 양화환검도 함께 한 뒤였다.

그들의 뒤를 따르는 고수들의 공력은 지반을 흔들었다.

"하지만 그 상대가 무림공적 곤륜파의 마지막 남은 장로라면 실망할 수야 없지. 아니 장문이라 불러줘야 합당한가?"

율거 도인의 말에 오율 진인의 표정이 굳어졌다.

"허튼 소리는 거기까지다."

"심명 선인이 없는 곤륜파, 그 긴 명줄도 오늘이 마지막이다."

오율 진인은 더욱 표정을 굳혔다.

"사설이 길구나!"

싸늘히 반박하며 오율 진인은 생각했다.

지난 이십 년이 넘도록 도주를 반복하면서, 다른 한쪽으로는 사라진 심명 선인의 행방을 쫓았다.

오율 진인은 믿고 있었다.

이유없이 사라질 이가 아니다. 설사 우화등선을 결정했다

해도 먼저 예고를 했을 그다, 적어도 자신이 알고 있는 심명 선인은.

이잉—

오율 진인의 생각은 거기에서 끊겼다.

잠룡문도들의 검신이 새하얀 나신을 드러내냈다. 그들의 발걸음이 약속이라도 한 듯 떨어졌다.

오율 진인은 살며시 조소를 하며 남아 있는 내공을 모두 끌어올려 외쳤다.

"곤륜산의 도신(道神)들이여, 모두 한자리에 모였는가!"

사자후에 가까운 오율 진인의 말이었다. 그 외침이 떨어지기가 무섭게, 정체 모를 인영(人影)들이 하늘에 무수히 떠올랐다.

바람이 불어온다. 그들의 도포가 펄럭였다.

하나같이 천상제를 밟으며 하늘을 땅 삼아 걷는 그들은 활화산과도 같이 지난날의 분노를 뿜어내고 있었다.

명사산을 떠났던 이백여 명 도가검수들의 때 아닌 등장에 잠룡문도들은 마른침을 삼켰다.

오율 진인은 미소를 지었다.

정말 많이 성장한 그들의 모습에 절로 반가움과 씁쓸함이 교차되었다.

너무나도 오랫동안 인내한 표정이 역력하다.

오율 진인은 생각했다.

적은 그 누구도 살아 돌아가지 못할 것이다.

그렇게 움츠렸던 곤륜의 용이 참아왔던 진노를 어김없이 발휘하려 하고 있었다.

*　　　*　　　*

지옥이 보여주는 풍경이 이러하지 않을까.

칠흑과도 같이 어두운 숭산의 꼭대기.

우아한 풍채로 서 있는 단신의 존재가 있었다.

멀찌감치 무언가를 응시하는 그의 모습은 모든 화공들이 꿈꾸는 한 폭의 그림이었다.

지독할 정도의 침묵을 깨며 청의의 존재, 태신청검은 입술을 달싹였다.

"어떻게 되었느냐?"

감정이 느껴지지 않는 무미건조한 음성이었다.

무릎을 꿇으며 예를 취하고 있던 하우극은 대답했다.

"…급습은 단 시간에 숭산 전체, 잠룡문도 전체에게 하달되었습니다. 사태를 파악해 가장 선진에서 청랑검전이 막아섰지만, 막대한 피해와 함께 단숨에 궤멸되었습니다. 이후 우청검대 전원이 그의 앞을 막아섰지만 무슨 연유에서인지 지

나가는 유겸의 퇴로를 열어주며 뒤를 쫓던 저희를 공격했습
니다. 이동 경로를 예측하자면 서쪽의 삼문협으로 향하지 않
나 생각……."

"하우극."

태신청검의 말이 이어지기 무섭게 하우극은 더욱 고개를
조아렸다.

지그시 바라보는 눈빛은 오로지 결론만을 말하라 강조하
고 있었다.

"놓쳤습니다."

목숨을 각오하고 전달한 사실이었다.

차가운 검신이 목을 뚫고 들어와도 별반 이상할 것이 없는
상황.

잠시 후 들려오는 거창한 웃음소리에 하우극은 의아한 표
정이 되어 고개를 들어올렸다.

"하하하하!"

마치 광소와도 같이 거하게 웃어넘긴 태신청검은 말을 이
었다.

"수십 년을 기다려왔다. 이토록 그가 쉽사리 무너졌다면
천하가 비웃지 아니했을까."

태신청검은 짧은 읊조림과 함께 오른손을 들었다.

모든 것을 되찾은 기분이었다.

수백 년을 초월해 태신청검 역시 환생을 경험했다.

그리고 심명선인을 찾았을 때 그는 더 이상 존재하지 않았다.

마치 처음부터 존재치 않았던 것처럼 말이다.

복수를 위해 환생을 갈망했고, 강한 의지는 또 다른 생애를 불러왔다. 훗날을 도모하여 다시금 강호에 돌아왔을 때 그의 모습은 없었다.

사라졌다 생각한 그였다.

그런 그가 유겸이라는 존재로 다시 돌아왔다.

"너무나도 오랜 시간을 지체했다. 지금이야말로 천하를 가져야 하는 명분이 생겼다."

하우극은 의미심장한 태신청검의 말에 귀를 기울일 뿐이었다.

유겸이 곤륜파와 연관이 있을 거라 오래 전부터 생각하고 있었지만, 곤륜파의 절대비전을 시전하며 각성할 존재라고는 생각할 수 없었다.

하지만 그의 정체는 예상할 수 있었다.

무엇보다도 태신청검이 의미하는 대상을 상기하자면…….

하우극의 몸이 짧게 떨렸다.

종종 상념과 함께 혼잣말로 중얼거리던 태신청검 필생의 계획.

전대 무림맹주이자 절대지존의 존재.

'심명 선인……'

그런 존재가 태신청검의 직계제자로 성장하며, 가장 가까운 곳에서 태신청검의 뒤를 주시했다 생각하니 온몸이 저려왔다.

태신청검은 두 팔을 뻗었다.

그 모습은 흡사 숭산의 모든 정기를 빨아드리는 것만 같은 착각을 주었다.

잠시 숭산의 이쪽저쪽을 바라본 그는 짧게 읊조렸다.

"삼문협이라……."

"……."

"어느 쪽으로 가야 할까."

태신청검은 그 말과 함께 천장단지 사이로 몸을 던졌다.

순식간에 하강한 그의 모습은 얼마 지나지 않아 육안에서 사라졌다.

서쪽으로 갈 것인지 동남쪽으로 향할 것인지 그 누구도 예상할 수 없는 태신청검의 결정이었다.

하우극은 뒤늦게 생각했다.

지난 한 평생을 가장 가까이에서 지켜보았던 태신청검의 진정한 정체는 무엇일까?

감히 넘겨다 볼 수 없었기에 하우극의 생각은 거기에서 끝이 났다.

하우극은 먼발치서 주변을 응시하며 입을 열었다.

"시작인가……."

*   *   *

유겸은 눈을 떴다.

희미하게 들어오는 빛줄기에 눈이 부시다.

자리에서 일어난 그는 습관처럼 운기조식을 시작했다.

체내에 있는 모든 내공이 단전을 지나치며 혈도 하나하나에 공력을 주입했다. 현경의 공력이 전신에 집중되었다.

'현경…….'

백옥과도 같은 피부. 약해 빠진 인간의 살결이라 생각할 수 있겠지만, 인간의 한계를 두 번 이상 탈피하며 또 다시 수탈을 경험한 현경의 몸이었다.

도검불침과 수화불침은 물론, 만천하의 그 어떤 독과 음약도 유겸의 몸을 해하지 못할 것이다.

유겸은 주먹을 쥐었다.

과거의 힘을 모두 되찾은 듯한 느낌.

아무런 감정 없던 유겸의 눈동자에서 활화산 같은 감정이 불타올랐다.

분노…….

하우극의 검신에 종잇장처럼 양단된 천강의 모습이 상기
되자 주체할 수 없는 분노에 휩싸일 수밖에 없었다.

유겸은 자리에서 일어나 숲 밖으로 몸을 움직였다.

"서쪽으로 간다……."

유겸은 본능적으로 가장 가까운, 잠룡문도와 무림맹 연합
이 대치 중인 서쪽을 향했다.

이미 정체를 드러낸 이상 하루라도 빨리 무림맹에 힘이 되
어야만 했다.

'어떻게 흘러갈지…….'

숭산에서 이곳에 이르기까지 순식간에 수없이 많은 일들
이 지나쳐 갔다.

하지만 유겸의 머릿속엔 단편적인 기억만이 상기될 뿐이
었다.

쉽지 않은 도주의 순간이었다.

믿을 수 없는 것은 수탈이 이루어지는 순간에도 정신을 잃
지 않았고, 위험을 직감한 십존의 공격으로부터 아무런 피해
없이 숭산에서 도주했다는 사실이었다. 천운이라 해도 이상
할 것이 없었다.

무엇보다도 가장 이해할 수 없었던 것은…….

"우청검대……."

숭산 아래에서 유겸을 기다리고 있던 존재들은 다름 아닌 우청검대였다.

순식간에 숭산 전체로 소식이 전해졌는지 곳곳에서 예기치 못한 공격이 이어졌다. 뒤를 쫓는 십존, 놓칠 수 없다는 그들의 모습은 악귀와 같았다.

머뭇거릴 시간이 없었기 때문에 유겸은 앞을 가로막는 우청검대를 향해 쇄도했다, 잠룡문도라 하면 다 같은 존재일 뿐이라는 생각과 함께.

그들 역시 검을 빼 들고 정면으로 내달려왔었다.

"으아아악!"

하지만 전혀 상상할 수 없었던 상황은 그 다음 일어났다.

순간 비명소리가 일며, 유겸의 뒤를 쫓던 잠룡문도들이 쓰러졌다.

매복해 있던 부대주 천영의 얼굴을 확인하는 순간, 잔뜩 힘이 들어갔던 유겸의 검에 힘이 빠졌다.

붉게 충혈된 눈동자를 중심으로 정면으로 내달린 우청검대 전원은 유겸을 지나쳐 그를 쫓는 잠룡문도들을 향해 검강을 방출하고 있었다.

같은 편이라고 굳게 믿었던 우청검대가 유겸의 퇴로를 열어주는 것과 동시에 뒤를 쫓는 동지들에게 검강을 시전하니, 뒤따르던 잠룡문도들은 속수무책으로 당할 수밖에 없었다.

‘천영……’

아수라장으로 변질된 그곳을 유유히 벗어나며 유겸은 스쳐 지나가는 부대주 천영의 얼굴과 마주쳤다.

우수에 찬 그의 눈빛은 분명 무언가를 말하고 있었다.

시간이 지났어도 유겸은 이해하지 못했다.

유겸의 뒤를 도운 이상 지금쯤 우청검대 전원은 처음부터 존재치 않았던 것처럼 사라졌을 것이다.

“재밌군……”

그들과 함께 지낸 시간은 많지 않았다.

한 전장을 함께하며 그들이 기본적인 무의 진실을 깨우치게 도와준 것이 그나마 많은 대화를 섞을 수 있었던 계기였다.

그런 가벼운 행동으로 쌓일만한 정(精)과 애(愛) 따위는 존재치 않았다.

적어도 유겸이 생각하기에는 말이다.

‘참 모를 일이다……’

유겸은 한숨을 내쉬었다.

얼마나 지났을까?

수없이 많은 상념을 반복하던 유겸은 멈추어 섰다.

“모습을 드러내라.”

유겸은 주변을 휘감는 실낱같은 살기를 느낄 수 있었다.

그의 입이 열리기가 무섭게 일단의 무리가 모습을 드러냈
다.

"웬놈들이지?"

보여주는 풍채만으로는 상상할 수 없는 공력을 가지고 있
는 고수들이었다, 합을 섞기 전까지는 속단할 수 없을 정도
의…….

하지만 유겸은 이상한 점을 발견했다.

당연하게도 자신의 뒤를 쫓을 거라 여겼던 잠룡문도들이
아닌 전혀 다른 존재들이었다.

"잠룡문도인가?"

질문은 그들이 먼저 했다.

유겸은 반사적으로 고개를 가로저었다.

하지만 그들의 시선은 습관처럼 품에 있던 유겸의 적월검
에 가 있었다.

'아차.'

유겸은 한 손을 들어 해명하려고 했지만, 그들은 유겸을 상
대로 합공을 감행했다.

다수라는 수적 우세를 이용하며 압박을 가하는 그들은 한
치의 반격도 허용하지 않겠다 말하고 있었다.

정확히 급소 하나하나를 겨냥한 맹공이 시간차로 이어졌
기에 그들의 눈빛은 자신감에 차 있었다.

유겸은 한숨을 내쉬었다.

비단 해명할 시간이 있다 할지라도 그들이 믿을 가능성은 없었다.

반격 자체를 생각할 수 없게 오방의 금제를 건 듯한 깔끔한 수결의 육합권, 철권의 모양새가 격식에 얽매이지 않고 자유분방한 것을 보니, 단연 개방의 형수권(形手拳)이었다.

유겸은 기계적으로 몸을 꺾어 공격을 흘러내며 다음을 대비했다.

이미 현경의 경지로 각성한 유겸에게 있어 그 방비는 어렵지 않았다.

그의 무게 중심을 무너뜨리기 위해 패도적인 일검이 사선으로 이어졌다.

검강이 가득 시전되며 현철도 잘라 버릴 듯한 위용의 공격은 북방의 정기가 그대로 살아 숨쉬는 듯한 강직한 움직임이었다.

검신의 움직임이 패도적이고 또 유기적으로 흐르는 하북 팽가의 탈혼검(脫魂劍)이 분명했다.

오대강파의 부동없는 절기에 밀려 부각되지 않았던 구파일방 오대세가의 공력이 살아 숨쉬는 공격들.

오랜만에 육안으로, 또 손끝으로 느껴지는 그들의 절기에 유겸은 형용할 수 없는 기분에 휩싸였다.

유겸은 여러 차례 위험천만한 상황을 넘기며 이어지는 맹공을 회피하는 데 주력했다.

"믿을 수 없군……."

"정체를 밝히시오."

그들은 끊임없이 이어지는 절기의 시전에도 불구하고, 상처 하나 낼 수 없는 절대적인 무용을 가진 유겸을 보며 공격을 중단했다.

유겸은 대답 대신 허공을 밟았다.

현경의 경지를 반증하듯 신선천상제가 제약없이 시전되었다.

구름을 밟듯이 허공에 답보한 유겸은 두 팔을 양옆으로 뻗어, 자연과 그대로 하나가 되었다.

그들을 납득시킬 수 있는 최선의 방법.

곤륜기용(崑崙氣龍) 상청무상신공(上淸無上神功)의 극공이라 일컬어지는 곤륜파 최대의 내공심법이 펼쳐졌다.

용의 현상, 즉 자연과 하나가 되어 주변 스무 장 이내의 모든 공력을 빨아드리는 곤륜파의 절대 비전.

적들은 자신들의 내력 역시 함께 흡수가 되는 듯한 착각을 느끼며 믿을 수 없다는 표정을 지었다.

전대 무림맹주의 부재로 실전되었다고도 알려진 절대심법 곤륜기용이 눈앞에서 펼쳐지고 있었으니 무슨 말이 필요

할까?

다섯 명의 고수는 이어지는 신기를 넋을 놓고 바라볼 뿐이었다.

"…사흘을 곧장 서쪽으로 전진하면 의마현(義馬縣)이 나올 것입니다. 서종대가 삼문협 저지선을 넘어 동쪽으로 진격하면 사실상 사흘 후 이곳에서 파견된 잠룡문도들과 다시 대규모 전투가 벌어질 가능성이 가장 크지요."

도신의 끝으로 지도의 한 부분을 가리킨 사내는 말을 이었다.

전해지는 우람한 풍채만으로도 사방 석 장 이상은 압도하는 모습의 소유자.

하북팽가의 가주 팽연섭(彭燃燮)이 그의 이름이었다.

팽연섭은 물론 주위에는 굳은 표정을 중심으로 네 명의 사내가 더 모여 있었다.

좀 전까지 서로를 향해 칼을 마주했다고는 상상할 수 없을 테지만, 그들의 중심에는 유겸이 있었다.

모두의 시선이 그 유겸에게 가 있었다. 팽연섭은 계속해서 말을 이었다.

"우리는 두 번째 격전지가 될 것이라 예상되는 이곳에 가능한 한 빨리 합류해 무림맹 연합을 도와야야 합니다. 그것이 저희가 오랜 시간을 고민하고 내린 최종 결정입니다.”

그의 말이 끝나기가 무섭게, 주변은 다시금 침묵으로 휩싸였다.

무리의 중심.

어느덧 그들과 함께하게 된 유겸은 천천히 입을 열었다.

“출발 동선은 어느 쪽이 되겠습니까. 서종대와 합류한 이후, 구체적인 행동지침은요?”

유겸은 모두의 얼굴을 살피다가 문득 그들의 자초지종이 상기되었다.

무림맹 연합과 잠룡문의 싸움이 본격적으로 이루어졌음에도 불구하고, 중립을 지켰던 중소 문파들.

그들이 최종적으로 잠룡문과 적대하자고 결정한 지는 오래 지나지 않았다 했다.

그렇게 지금 강소의 모산파, 북방의 하북팽가, 진주언가와 개방, 그리고 동쪽의 황보세가까지, 결코 쉽게 생각할 수 없는 강한 힘이 전선으로 몰려들고 있던 것이었다.

‘동북의 힘까지 합쳐진다면 필시, 둘 중 한쪽은 결국 끝을 맞이할 것이다.’

잠룡문을 향한 온 강호의 뜻. 그 결과물이 어떤 방향으로 이어질지 그 누구도 몰랐지만, 어느 쪽이든 끝이 가까워지고 있다고 유겸은 느꼈다.

　이어지는 유겸의 질문에 그들은 대답하지 못하고 머뭇거렸다.

　사실상 유겸의 존재를 어렵게 대할 수밖에 없는 상황이 벌어진 이후였고, 일행의 생살여탈권을 가볍게 쥐고 있는 것은 유겸이라 모두는 생각했기 때문이었다.

　그들의 태도를 뒤늦게 이해한 유겸은 천천히 말했다.

　"사실상 낙양과 그다지 멀리 떨어지지 않은 이곳에서 의마현까지 사흘 안에 주파한다는 것은 무리가 있습다. 조금 더 시간을 두어……."

　"의마현에서 이루어질 거라 예상되는 전투는 사실상 공습으로 끝난 삼문협에서의 전투와는 다르게 쌍방의 총격전이 될 가능성이 아주 높습니다. 이전 전투에서 잠룡문이 무기력하게 무너진 이유를 꼽자면 공습이 이루어질 당시 숭산 꼭대기에서 경위를 짐작할 수 없는 사건이 벌어지고 있었으니까요. 주둔군의 실세라 볼 수 있는 섬서장로 어진검 역시 숭산에 모종의 이유로 출두한 상태였으니 어쩌면 삼문협 주둔 잠룡문도들의 패배는 기정사실이었던 것입니다. 하지만 지금은 다릅니다."

　유겸의 말을 끊으며 황보세가의 가주 황보서현은 계속해서 말했다.

　"직전의 패배로 아마 지금쯤 십존은 물론, 태신청검의 실질적 분신이라 할 수 있는 어진검이 직접 가담할 테니 쌍방 어느 한 쪽은 엄청난 피해를 볼 것이 자명한 사실입니다.”

유겸은 표정을 굳혔다.

그의 바람대로 모든 것이 맞물려 이어지고 있었다.

강호의 질서를 유지하기 위한 최후의 결전을 알리는 신호.

그리고 그 시작을 자신이 알렸다는 데서 오는 강한 감정은 당장에라도 전투의 한가운데로 그를 이끌 것만 같았다.

황보서현의 말이 유겸을 납득시켰다.

그의 말대로라면 가장 빠른 속도로 의마현으로 가야 했다.

유겸은 짐짓 고민하는 표정을 지으며, 가장 합당한 결정을 내릴 뿐이었다.

“사흘⋯ 아니, 가능한 한 빨리 도착할 수 있도록 하지요.”

第二章
서전(序戰) 의마현

꼬룡기신

　한쪽은 분지 형태의 길목, 또 다른 한쪽은 아습윤(亞濕潤) 형태의 작은 사막 초원 지대.

　그리고 그 사이를 가로지르는 야산의 한 풍경.

　대체적으로 알려진 의마현에 전경이었다.

　의마현은 상대적으로 전략적인 요충지 또는 상권이 발달한 밀집 지역이 아니었기 때문에 특별하게 알려진 바가 없었다.

　특정적인 것이 있다면 단지 현재 무림맹 연합 서종대와 파견된 잠룡문도 간의 대치하고 있다는 현실적인 의미, 그것이 전부가 될 것이었다.

지역적 특색으로는 잘 알려진 점은 없었지만 주변의 사막 지대 때문일까? 의마현은 지역 전체적으로 황사가 잘 끼는 곳이었고, 이런 황사로 인해 만들어지는 먼지구름으로 인해 불과 다섯 장 이상의 거리도 넘겨다 볼 수 없는 기상적인 악제가 존재하고 있었다.

아직은 이른 새벽.

주변은 어두컴컴했다.

산개 대형의 진법을 중심으로 잠룡문도들의 향방을 살피고 있던 철은은 짧은 헛기침과 함께 정운을 향해 말했다.

"먼저 들어오지 않는다면, 움직임은 없을 거라는 말인가?"

한 손으로 턱을 바친 정운은 고민 끝에 말을 받았다.

"낙양에 주둔하고 있었던 후발대와 합쳐진 모양새야. 숫자가 지나치게 많아졌어. 하지만 이상해. 저 많은 전력을 가지고도 지붕 밑에 운신한다는 선택은 당최 이해할 수 없는 발상이야. 잠룡문답지 않군."

정운은 그 말과 함께 자신의 검을 만지작거렸다.

화산파의 실질적인 초고수라 일컬어지는 두 존재가 최전방에 서 있다는 것은 얼마만큼 서종대가 이번 전투를 민감하게 받아드리고 있는지 알 수 있는 점이었다.

고민에 빠져있던 철은은 이내 말을 이었다.

“삼문협 전투에서의 완승을 거둔 이후 얻게 된 사기를 유지하기 위해서라도 이 의마현에서의 전투는 어떻게 해서든 이겨야 한다네.”

정운과 철은은 그 말을 끝으로 등 뒤를 바라보았다.

전방에 배치된 선발대와 일정 거리를 유지한 채 제현 명인과 타문파의 장문인들과 실세들은 철은과 정운의 선택을 기다리고 있을 터였다.

철은이 의미심장한 표정으로 점점 거리를 좁히는 잠룡문도을 보며 말했다.

“그나저나 기분이 나쁘군.”

“무엇이 말인가?”

정운의 질문에 철은은 대답했다.

“우리가 저들을 볼 수 없는 것과 같이 저들도 분명 우리쪽을 상세히 볼 수 없겠지만, 무언가 기분이 나쁘다네. 이 짙은 먼지구름 사이를 뚫고 우리의 움직임을 주시하는 듯한 느낌이라고 해야 할까? 불쾌해. 당장에라도 한달음에 달려가 저들의 진영을 파헤쳐 보고 싶다네.”

정운은 진지한 어투로 말을 받았다.

“이럴 때일수록 조심스럽게 다가가야 한다지. 평생 대치하고 있을 양상은 아니니 접근은 불가피해. 우선 정면으로 부딪혀 봐야 할 걸세.”

철은과 정운은 결코 잠룡문도의 계략에 빠져들고 있다는 생각은 하지 않았다.

설사 그렇다 할지라도 탈출과 후퇴를 바라는 선택은 매화검수들에게 있어 있을 수 없었다.

늠름한 매화검수들을 이끄는 강인한 이대제자들, 그 중에서도 가장 강하다 일컬어지는 정운과 철은이었다.

그런 그들이 뚫지 못할 계략일 수 있다는 생각은 일단 없었던 것이다.

그만큼 철은과 정운은 단결된 서로의 실력을 굳게 믿고 있었다.

철은은 다시금 정면을 바라보며 오른손을 들어올렸다.

굳은 표정과 함께 위치를 고수하고 있던 선발대의 일진이 전진을 시작했다.

안구에 내력을 얹어 전장을 최대한 심도있게 살핀 철은은 상대의 전열을 가늠하기 위해 노력했다.

"얼추 칠천은 되어 보이는군."

본래 삼문협 접견지대에 파견되어 있던 삼천 전력에 배 이상에 해당하는 전력이었다.

첫 전투에서 절반 이상을 궤멸시켰기에, 사실상 살아남은 적의 숫자는 일천오백이라 할 수 있었다.

그럼에도 불구하고 칠천의 숫자가 되었다는 것은 동쪽 곳

곳에 있던 잠룡문도들이 의마현에서 합쳐졌다는 이야기였
다.

삼문협 저지선을 넘어선 서종대의 전력은 총 육천여 명.

하나 전방에 나와 있는 서종대의 선발대는 일천여 명에 조
금 못 미쳤다.

"설마했는데, 칠천 전력 전체가 움직일 모양이야."

"대대를 이끄는 지휘관의 얼굴이 사뭇 궁금해지는군. 무모
한 선택이지 않겠나."

이른 새벽이었기 때문일까.

안개 사이로 형성되는 황사로 인해 한 치 앞도 구분하기가
힘들 정도였다.

그 사이를 뚫고 조심스럽게 거리를 좁히는 잠룡문도들을
바라보며 철은은 읊조렸다.

그는 이내 허리춤에 차고 있는 두 개의 쌍검을 발검하며 말
을 이었다.

"최대한 접근을 피한 채 의도를 파악하는 것이 좋겠어. 수
적으로 비교조차 할 수 없이 불리해."

정운도 약속이라도 한 듯이 허리춤의 검을 뽑았다.

"하지만 너무 걱정하지 않아도 될 듯 싶네. 저들의 선택 역
시 무모하다 볼 수 있어. 기본적인 병법마저도 염두에 두지
않은 모양이니까."

정석적인 병법에서는 전면전이 벌어지기 전 적은 숫자의 전력으로 상대방의 계획을 파악하기 위한 탐색전이 불가피하다고 할 수 있었다.

철은과 정운 역시 그 사실을 염두에 두며 일천의 숫자만을 데려온 것이었다.

숫자가 적은 만큼 짧게 탐색전을 끝내고 퇴로를 확보할 시간을 빠르게 확보할 수 있을 것이었다.

시간이 흘러 황사 사이를 뚫고 청의인들이 모습을 드러내기 시작했다.

쌍방 선진과의 거리는 큰 보폭으로 불과 오십 걸음 남짓.

철은은 기세등등하게 선발대 전원을 바라보며 외쳤다.

"무리하지 않는 한도 내에서 짧은 교전을 허락한다. 명심해야 할 것은 절대 상대 진형에 빨려 들어가지 말아야 한다는 것이다. 싸우는 척만을 하고 본대와 합류해 후일을 도모하자!"

"사제."

이어지는 명령에 정운은 철은을 바라보며 의견을 전달했다.

어투에는 조심스러움이 묻어났다.

사실상 선발대의 대주는 철은이었기 때문이었다.

철은의 날카로운 눈빛은 다가오는 잠룡문도들을 향해 여

전히 고정되어 있었다.

"먼저 본대와 합류하지, 후방은 내게 맡기게."

철은은 아쉬운 눈초리로 고개를 끄덕였다.

당장에라도 잠룡문도들을 향해 달려가고 싶었지만 대의를 위해서라면 감정을 참을 수 있어야만 했다.

"재차 집결하게 될 곳은 윤수현이 되겠군."

윤수현은 의마현과 얼마 떨어져 있지 않은 곳에 위치해 있었다.

사실상 삼문협을 넘어선 서종대의 본대 전력 모두가 집결하고 있는 곳이었다.

동시에 삼문협의 전투를 무림맹이 승리로 장식했기에, 서남 일대에서 수많은 문파들의 제자들이 본대 합류를 위해 찾아오고 있는 실정이었다.

시간이 흐를수록 서종대의 인원이 늘어난다는 말이다.

마지막 의견을 교환한 철은은 천천히 손을 올려 신호를 보냈다.

그렇게 선발대 일부분의 전력이 뒤로 빠지는 것을 확인한 정운은 큰소리로 외쳤다.

"모두 공격한다!"

하나로 단결된, 절반으로 나누어진 오백여 명의 선발대는 짙은 황사를 뚫고 잠룡문의 선진을 향해 폭포수처럼 진격을 하기 시작했다.

윤수현으로 반전을 결정하면서도 철은의 머릿속은 쉽사리 정리가 되지 않았다.

비록 황사와 안개 때문에 한 치 앞도 구분할 수 없는 상황이었지만, 무릇 머리를 쓸 줄 아는 지휘관이라면 소수의 소대로 전투의 기본이라 할 수 있는 탐색전을 펼쳤어야 한다.

그것이 올바른 판단이었다.

그러나 이 방법은 지금의 상황에서는 소용이 없는 말이었다.

방금 전 상대 선진과 마주했을 때 서로의 숫자를 이미 확인했고, 수적 우세를 기회 삼아 잠룡문쪽에서 총공격 명령을 내린다 할지라도 이미 너무나도 늦은 상태였다.

철은이 퇴로를 확보하며 소수라는 이점. 즉 기동성을 살려 길을 만들어 후퇴를 하고 있었기 때문이다.

시간이 흐른다면 작은 피해 없이 윤수현에 당도할 수 있을 것이었다.

철은은 윤수현에 당도해 가장 먼저 행해야 할 일을 생각하며 발걸음에 힘을 더했다.

그가 이끄는 부대는 한달음에 언덕을 벗어나 평지에 당도했다.

그후 더욱 속도를 높여 윤수현으로의 귀환을 서둘렀다.

하지만 그때였다.

후진을 계속하던 철은은 갑작스럽게 다가오는 위압감에 제자리에서 멈추어 섰다.

그의 반대편, 칠흑과도 같은 어둠 사이에서 단신의 청의인이 질풍과도 같이 달려오고 있었기 때문이었다.

"적이다!"

누군가가 다급히 외쳤다.

믿을 수 없다는 표정을 지었지만 철은은 이내 정신을 차렸다.

빠르게 당도한 그들과 선진이 뒤엉키며 교전을 시작했기 때문이었다.

철은은 재빠르게 손짓하며 제자 한 명을 불렀다.

"청월!"

도포를 펄럭이며 청월이라 불린 매화검수가 짧게 예를 취했다.

그 역시 때 아닌 적의 출현에 검을 고쳐 잡은 상태였다.

"곧장 반전해 선진에 있는 정운에게 알려라! 앞에 적이 나타났다고!"

청월은 짧게 예를 취하며 후방으로 달려나갔다.

현 상황을 쉽게 설명하자면 양방으로 포위된 상황이었다.

그만큼 악재란 없었다.

실질적으로 양방 모두에 공격과 방어를 병행해야 했기 때문에 협공을 받는 쪽은 항상 수세에 몰릴 수밖에 없다.

더군다나 반전하는 상황에서 공격이 양쪽에서 일어난다면 아군끼리 우왕좌왕하는 사태가 벌어질 수 있었다.

때문에 가능한 빨리 이 상황을 벗어나는 것이 최선의 방법이었다.

새벽어둠 속에서 모습을 드러낸 잠룡문도의 숫자는 기하급수적으로 불어났다.

거리를 유지한 채 전방을 지키고 있던 전선과 순식간에 교전이 벌어지며 난전이 발생했다.

'일천, 아니 이천이 넘어간다. 어떻게……!'

예상치 못한 변수였다.

엄청난 숫자.

기껏해야 오백의 숫자를 유지하던, 절반으로 나누어진 선발대는 완벽히 포위당할 수밖에 없었다.

철은은 인정할 수가 없었다.

어떻게 전방에만 있던 전력의 일부가 후미로 이동할 수 있었다는 말인가!

그것도 빠른 속도로 전진하던 철은의 부대를 앞질러서 말이다.

"으아아악!"

수적 차이가 완연히 드러났기에 상황은 금세 열세에 놓였다.

비명과 함께 후미가 무너지고 있었다.

철은은 입술을 깨물었다.

가장 생각하기 싫었던 최악의 상황이 발생할 수 있었다.

후미가 절단된다면 정운이 이끄는 부대와 단절되어 따로따로 고립될 수 있다는 말이었다.

'실수다!'

짙은 황사로 인해 지형을 넓게 바라볼 수 없다는 문제점도 있었지만, 나름대로 탐색전을 위해 전선 안쪽으로 너무 깊게 파고든 실수가 가장 컸다.

이제 와서 자신의 판단을 탓하기에는 적의 공세 역시 너무나도 빠르게 이어졌다.

"걸륜!"

다급한 눈이 된 철은은 곁에 있던 누군가를 호명했다.

"예."

"무슨 일이 있어도 돌파구를 찾는다. 분대를 나눈다. 오른쪽을 맡아라. 내가 왼쪽을 맡겠다."

선진을 둘로 나눠 공격을 분산시키겠다는 기책.

지금 상황에서 가장 좋은 방법이었다.

명령을 받은 걸륜은 반대쪽으로 달려갔다.

절반의 무리가 걸륜의 뒤를 ◎았다.

철은은 걱정 어린 시선으로 걸륜의 뒷모습을 바라보며 본능적으로 경신법을 밟았다.

걸륜은 그 누구보다도 흥분감에 사로잡힌 상태였다.

정의협객전이 벌어지기 직전 태신청검에게 권고를 전할 목적으로 숭산행을 택한 기억이 있었다.

하지만 때 아닌 잠룡문도들과의 조우, 동시에 이어진 싸움으로 평생을 함께 해왔던 사제들의 죽음을 묵도할 수밖에 없었다.

그때의 기억이 더오르자 걸륜의 몸은 흥분과 격노가 일었다.

그는 생각했다.

단지 숫자만이 많을 뿐, 실력은 매화검수들이 몇 수는 위일 것이라고.

분명 수적으로 밀렸지만 돌파구는 쉽게 찾을 수 있을 것이라 장담했다.

"하압!"

기합과 함께 발 빠른 경신법을 밟으며 두 명의 잠룡문도의 가슴에 검을 찔러 넣은 걸륜은 완연한 자신감을 얻을 수 있었다.

그 순간이었다.

한 치의 망설임 없이 걸륜을 향해 태풍처럼 다가서는 단신의 청의인이 있었다.

그의 움직임은 채 신영을 확인할 수 없을 정도였기에 걸륜은 흠칫했다.

쩌어어엉—

걸륜과 적은 순식간에 맞붙었다.

일격의 파찰음이 일었고 걸륜은 손아귀에서 느껴지는 엄청난 완력에 의해 검을 놓칠 뻔했다.

단 일합의 교환이었지만 걸륜은 생각할 수 있었다.

그는 분명 자신보다 몇 수나 위다.

이토록 강하다니, 걸륜은 그의 정체를 의심했다.

일순간 기계적으로 적의 손목이 꺾이며 다시금 들려 있는 검에 힘을 더해왔다.

걸륜은 두 팔을 들어 막아냈지만 원초적인 공력의 차이 때문에 형편없이 바닥을 여러 차례 구를 수밖에 없었다.

놀라운 것은 검강이 시전된 걸륜의 검을 단순히 아무것도 없는 일검으로 제압했다는 사실이었다.

걸륜은 자신의 눈을 의심했다.

단 두 합.

하지만 그 짧은 교환만으로도 느낄 수 있는 실력의 벽은 상상 이상으로 높았다.

걸륜은 혼신의 힘을 다해 모든 내력을 끌어 모았다.

동시에 진원진기까지 모두 소진하며 동귀어진을 준비했다.

순식간에 다시 마주한 상대에게 걸륜이 필살의 일격을 가하려는 찰나!

하지만 걸륜의 일격은 이어지지 못했다.

상상할 수 없는 빠르기의 일검이 그의 단전을 관통했다.

마주한 상대의 입꼬리가 아주 조금 올라갔다. 하지만 아주 잠시뿐이었다.

걸륜을 향한 상대의 표정은 너무나도 담담했다.

푸스스슥—

순식간이었다.

청의인의 검이 몇 번 허공을 넘나들었다.

막을 생각도 할 수 없는 엄청난 빠르기와 완력.

우아하고 섬세한 검법에 걸륜은 막을 생각도 하지 못하며, 자신의 두 팔이 날아가는 것과 온몸이 난도질당하는 모습을 보고 있을 수밖에 없었다.

'막을 수 없다.'

엄청난 속도로 상대의 검이 목으로 날아들었다.

그렇게 찰나의 순간에 걸륜의 목은 순식간에 날아갔다.

삼문협 전투에서 속수무책으로 당하던 잠룡문도라 생각할 수 없는 모습이었다.

마치 그들에게 태신청검이 합세한 것 마냥.

주변은 지옥도로 변하고 있었다.

"현석! 후미를 돌보아라!"

정운은 목청이 터져라 외치며 다가서는 잠룡문도의 목을 날렸다.

베어도 또 베어도 끝이 없는 적의 행렬.

추풍낙엽과도 같이 바닥에 피를 뿜고 쓰러지는 쪽은 오히려 정운의 부대가 많았다.

명령을 내린 지 오랜 시간이 지난 뒤였지만, 후미는 계속해서 밀리고 있었다.

뒤늦게 주변을 돌아본 정운은 이미 싸늘한 시신이 되어 잠룡문도들의 발길질에 밟히고 있는 현석을 확인할 수 있었다.

안타까움을 느낄 새도 없이 정운은 마음을 고쳐 잡았다.

'지옥이 따로 없구나…….'

후방으로 반전하는 속도가 눈에 띌 정도로 늦어졌다.

두 부대를 잇는 연결선이 절단된 모양샌지 갑작스레 뒤를 치는 잠룡문도들의 등장에 이미 수많은 매화검수들이 목숨을 잃은 뒤였다.

부대가 양단되었다는 것은 후미를 지키는 철은의 부대 역시 고립되었다는 소리였다.

동시에 비교적 적의 숫자가 적을 거라 예상했던 철은의 부대마저도 속수무책으로 당하고 있다는 소리였다.

애초에 후미에 적이 출몰했다는 소식부터가 무너짐의 시작이었다.

혼신의 힘을 다해 적의 유입을 막고 있는 모양인지 상황은 더욱 악화되지는 않았다.

하지만 돌파구는 여전히 오리무중이었다.

정운은 선진을 포기하며 중앙으로 위치를 반전했다.

정운의 의도를 파악한 모양인지 남아있는 매화검수들은 그의 뒤를 따라 후진을 택했다.

선진을 지키는 것은 무의미하다는 판단이었다.

차라리 철은과 합세해 후미를 뚫는 것이 바람직하다 생각했다.

"걸륜……."

선진을 포기하며 중앙으로 옮긴 정운의 눈에 가장 먼저 띈 것은 이미 시체가 된 걸륜의 모습이었다.

철은과 정운을 제외한다면 선발대에서 가장 강한 축에 속하는 걸륜의 죽음은 절대 좋은 소식이 아니었다.

다급한 눈초리가 된 정운은 주변을 살폈다.

악전고투를 반복하고 있던 청월이 사색이 되어 다가오고 있었다.

"오른쪽 후미를 맡은 선발대 절반이 궤멸되었습니다. 걸륜은 물론 그를 따르는 사제들 전부가……."

너덜너덜해진 그의 오른팔이 보였다.

왼팔에 검을 고쳐 잡은 채 잠룡문도들과 대치하고 있던 청월의 눈은 붉게 충혈되어 있었다.

정운은 이해할 수 없었다.

자신이 가담했던 전방의 상황보다 후방에 가까이 갈수록 오히려 상황은 처참했기 때문이었다.

정운은 뒤늦게 철은의 빈자리를 의식했다.

"철은은 어디에 있나!?"

"직접 퇴로를 열기 위해 최전방으로 나서셨습니다."

청월의 말에 정운은 고개를 가로저었다.

철은이 직접 전방에 나섰다는 것은 절대 좋은 상황이라 볼 수 없었다.

물론 철은의 절대적인 실력을 상기했을 때 변고는 없을 것이라고 장담할 수 있었다.

하지만 불길한 예감이 드는 것은 어쩔 수 없었다.

정운은 들고 있던 검을 고쳐 잡으며 말을 이었다.

“담덕, 언천. 청월을 도와 중앙을 맡아라. 나는 철은을 도우러 앞으로 가겠다.”

“예!”

담덕과 언천이라 불린 매화검수들은 짧게 대답하며 정운의 말에 답했다.

그들의 검은 어느새 시퍼런 검강이 시전된 뒤였다.

그 모습을 확인하고 정운은 재빨리 이동했다.

그는 퇴로를 쉽사리 내주지 않는 잠룡문도들을 바라보며 치를 떨었다.

선발대를 궤멸시키겠다는 무언의 의미.

결국 단시간내에 퇴로를 찾지 못한다면 모두의 죽음은 기정사실이었다.

정운은 그 누구보다도 빠른 경신법을 시전하며 철은이 있을 거라 예상되는 전방으로 발을 놀렸다.

거친 기합 소리에 귀가 멍멍해질 정도였다.

목을 날린 적의 몸에서 피가 분수처럼 쏟아져 나왔다.

피보라가 뿜어지며 시야를 가렸다.

철은은 점점 더 악화되는 상황을 넌지시 내다보며 불길한 느낌을 지울 수 없었다.

‘이대로 가다가는 모두가 죽는다.’

선발대를 자청한 일천여 명의 매화검수와 그를 따르는 제자들 모두의 실력은 의심할 수 없을 정도로 강했다.

하지만 상대적으로 열세라고 생각했던 잠룡문도들 역시 그에 걸맞는 실력을 가지고 있었다.

한 명 한 명 퇴로를 막는 그들에게 거친 심판이 내려졌지만, 바닥에 고꾸라지는 매화검수들의 숫자 역시 그에 비례했다.

시간이 얼마만큼 지났는지 가늠할 수 없었지만 이대로 가다가는 선발대 전체가 자멸할 가능성이 너무나도 높았다.

철은은 본능적으로 적의 수장이라 예상되는 존재를 찾았다.

보이지 않는 곳에서 압박을 가하며 청의인들의 맹공을 독려하는 존재는 분명 저 어디엔가 있을 것이었다.

퇴로를 만들어 윤수현으로 복귀할 수 있는 방법은 오로지 단 하나.

적 수장의 목숨을 취해야만 했다.

깔끔한 도주는 꿈에도 꿀 수 없는 상황에 최소한의 피해만으로 도망치는 것.

그것이 철은의 희망이 되어 있었다.

철은은 경신법을 밟았다.

지휘 체계가 무너진 틈을 타 퇴로를 열겠다는 의미였다.

그는 단신으로 상대 진영의 중심으로 파고들었다.

철의 난무가 철은을 중심으로 이어지며 아슬아슬한 상황이 여럿 연출되었지만 그는 되려 반격하며 적의 수장을 필사적으로 찾았다.

그의 모습은 한마디로 전신(戰神)이었다.

얼마 지나지 않아 반대편에서 무시무시한 기세로 누군가가 다가오고 있었다.

철은은 반사적으로 그가 잠룡문도의 수장힘을 알아차릴 수 있었다.

'과연……'

엄청난 위압감이었다.

해일과도 같은 기세로 달려오는 그의 풍채는 절대고수의 모용을 보는 듯했다.

그의 진출을 막기 위해 저지선을 뚫고 합류한 매화검수 여럿이 막아섰지만 단 일검에 목이 날아갔다.

철은은 표정을 굳혔다.

"네가 부대의 수장인가?"

싸늘한 어조의 짧은 말이 날아왔다.

철은은 대답했다.

"내가 묻고 싶은 말이군."

"건방진 아이로구나."

마치 어린 아이를 대하는 듯한 상대의 음성에 철은의 표정이 일그러졌다.

철은은 천천히 쌍검을 교차했다.

듬성듬성 이가 빠졌지만 그 날카로움은 여전하다.

철은은 탐탁지 않은 시선으로 입을 열었다.

"화산파의 이대제자 정운이다."

"잠룡 십존. 섬서장로 어진검이다."

철은은 놀란 표정을 지을 수밖에 없었다.

태신청검의 실질적인 분신이라 해도 믿을 수 있을 최강의 존재.

어진검이 자신 앞에 서 있다는 것.

속수무책으로 당한 부대가 어느 정도 이해가 가는 철은이었다.

섬서장로 어진검, 그가 최전선에 섰다는 것은 그만큼 두려운 일이었다.

철은은 더 이상 머뭇거리지 않고 쌍검을 빠르게 교차하며 선공을 가했다.

그가 방심을 한 틈을 타 필살 일격을 가하겠다는 판단이었다.

하지만 어진검의 반격은 너무나도 빨랐다.

정확히 목에 다다랐다고 생각한 철은의 일격은 가볍게 봉

쇄되었다.

빈 공간을 이용해 어진검의 매서운 반격이 철은의 허리춤으로 향했다.

까아아앙—

비스듬히 내려가 있던 다른 한쪽의 검이 아니었다면 치명상을 입을 수 있을 법한 상황.

하지만 더욱 놀랄 만한 상황은 그 다음 이어졌다.

"말도 안 되는!"

기계적으로 꺾인 어진검의 동작은 마치 물결처럼 또 다시 이어졌다.

어깨를 노린 공격 피할 재간이 없었다. 간신히 몸을 틀었지만 긴 검상이 철은의 옆구리에 생겼다.

출혈이 와락 일며 혼미함을 더했다.

철은은 고통을 씹으며 절기를 시전했다.

순수한 검법의 교환으로는 승리를 장담할 수 없다는 생각에서였다.

이윽고 내력이 단전에서 북상하며 두 자루의 쌍검에 모여들었다.

천류신화검(天流神火劍)의 극성 검법 화무총련(火武叢攣)이 시전되며 상대의 전신으로 뿜어졌다.

콰르르륵—

철은은 회심의 미소를 지었다.

하지만 그 미소는 금세 경악의 표정으로 바뀌었다.

철은의 공격을 기다리던 어진검은 이어지는 공력을 미증유의 힘을 바탕으로 흡수하고, 그대로 반격했다.

믿을 수 없는 광경이었다.

쩌저적—

고막을 찢는 강한 파찰음이 일며 철은의 한쪽 검이 산산조각 났다.

날아간 파편은 철은의 얼굴을 스치며 긴 검상을 만들었다.

철은은 반사적으로 왼쪽에 있던 검을 옮겨 쥐었다.

'이길 수 없다……'

걸륜의 죽음을 상기했을 때만 해도 강할 것이라 유추했던 어진검의 실력이었다.

하나 이토록 강할 줄은 몰랐다.

마치 처음부터 자신의 공격을 모두 읽은 듯이 반격을 하는 절대고수의 위력.

어쩌면 필생의 목표로 닮아가길 원했던 일대제자 철영 검인의 무위보다 한 수 위일지도 몰랐다.

더군다나 잠룡문 특유의 절기가 아닌, 단순한 순수 검법으로만 철은을 이토록 몰아치고 있었다.

'이 정도의 실력을 가진 존재라니……'

어진검의 표정은 여전히 무표정이었다.

"진정 화산의 실력이 이 정도로 약하단 말인가."

진심이 묻어나는 표현에 철은은 표정을 굳혔다.

그렇게 잠시 후 철은은 다시금 힘을 끌어 모아 땅을 찼다.

어진검의 말은 모든 힘을 다해 자신을 상대하고 있지 않다는 뜻이었다.

한마디로 방심을 하고 있다는 말.

온 정신을 집중한다면 그 빈틈을 파고 들 수 있을 것이라 생각했다.

체내의 모든 내공이 고갈될 정도로 모든 내력을 끌어올렸다.

자신이 알고 있는 모든 절대 비전을 시전시키며 그의 강력함과 맞섰다.

모든 내공이 수축 상승하며, 사방 다섯 장을 감쌌다.

―신학검(神鶴劍) 극단검 매화천홍검결(梅花天紅劍訣).

철은은 희미한 미소를 지었다.

턱―

하지만 철은의 공격은 기화되듯 사라졌다.

천추혈을 노린 일권이 그대로 가슴팍에 이어졌다.

내가중수법의 모용이 담겼다는 것은 곧바로 느껴졌다.

동시에 철은의 손끝으로 이어졌던 내공마저 불에 타듯 순식간에 사라졌다.

철은은 이어지는 고통에 무릎을 꿇을 수밖에 없었다.

각혈이 이어지며 헝클어진 도포에 핏자국이 묻는다.

더욱 공포스러운 것은 어진검의 공격이 끊임없이 이어지고 있다는 사실이었다.

한 자루밖에 남아 있지 않은 검을 올려 하강하는 공격에 마주하지만 바닥이 움푹 파일 정도로 무너져 내릴 뿐이었다.

철은은 형편없이 어진검의 노리개가 되어가고 있었다.

어진검은 재차 공격을 감행했다.

수직으로 꺾이며 탄력을 받은 검결은 곧장 머리 위로 떨어졌다.

막을 생각을 할 수 없었기에 철은은 무의식적으로 왼팔을 들어올렸다.

쩌저저적—

단 한 차례도 느껴보지 못한 두려움이 이어졌다.

빠르게 내려쳐 오는 검이 느리게 느껴질 정도였다.

왼손에 들고 있던 남은 한 자루의 검이 그대로 산산조각 났다.

균형을 잃고 쓰러지는 철은을 향해 어진검의 일격은 또 다시 이어져 온다.

철륜은 본능적으로 허우적거렸지만, 자랑스럽게 여기던 두 자루의 쌍검이 모두 파손되었다.

사용할 수 있는 병기 따위는 더 이상 존재치 않았다.

철륜은 이내 평온한 모습으로 쇄도하는 검격을 바라보았다.

피하지 못할 바에야 자신과는 비견할 수 없는 절대 검법의 위용을 마지막으로 보고자 한 것이다.

하지만 그 순간 빠르게 머리로 낙하하던 검의 방향이 사선으로 틀어졌다.

정확히 말하면, 철륜의 목을 노린 일격이 방향을 잃고 날아갔다.

쩌어어엉—

엄청난 속도로 날아와 어진검의 검을 때린 철검.

아니, 매화검, 화산파의 검이었다.

예상치 못한 상황에도 표정의 미묘한 변화조차 없는 어진검이었다.

그는 반대편으로 시선을 가져가며 짧게 미소를 지었다.

"……."

처음으로 보이는 짧은 조소.

패자에게 주는 마지막 동정인가, 어진검은 묵묵히 쓰러진 철은의 곁에서 벗어날 뿐이었다.

철은은 혼미한 정신을 추스르며 검이 날아온 쪽을 바라보았다.

사방에서 이어지는 공격을 막아내며 활로를 찾기 위해 발버둥치는 정운의 모습이 보였다.

곧이어 울부짖음에 가까운 정운의 목소리가 들려왔다.

"전원 산개하여 후퇴한다! 목적지는……."

적의 함성에 정운의 목소리는 묻혔다.

마지막까지 대열을 유지하던 부대가 순식간에 해체되며 혼선을 빚었다.

철은은 무거운 몸을 추스르며 중얼거릴 뿐이었다.

"대패다……."

주변은 고요했다.

달조차도 오늘만큼은 모습을 드러내지 않는 칠흑과도 같은 어두운 밤이었다.

푸스슥—

산짐승이라도 지나간 모양인지 짧은 소음이 일었다.

그 소리가 마치 접시가 깨진 소리마냥 요란했기에 모든 이들의 주의를 끌기에 충분했다.

"생존자는……?"

"크고 작은 부상을 입은 제자들까지 포함, 모두 일백삼십 명입니다."

수척한 표정이 되어 질문을 하는 정운의 모습이 자리에 모인 모두의 눈에 들어왔다.

담담한 표정으로 정운의 말에 대답하는 청월의 모습.

하지만 처참한 결과를 반증하는 수치에 모두들 고개를 떨구었다.

"일천에서 일백이라……. 부상을 입은 상태로는 십 리도 나아갈 수 없다. 더군다나 사방 모든 곳이 잠룡문도들로 인해 막혀 있다 보아도 무방하니……."

정운은 낙담한 표정으로 중얼거렸다.

사실상 윤수현으로 퇴각할 수 있는 길목을 차단당한 이상 남아 있는 매화검수들이 필사적으로 도망칠 곳이라곤 주변 야산의 꼭대기가 전부였다.

잠룡문도들 역시 그것을 예상하고 점점 진법을 형성한 채 포위망을 좁히고 있을 터였다.

"어떻게 해서든 퇴로를 확보해 윤수현으로 가야만 한다."

"불가능해."

정운의 말이 이어지기가 무섭게 한쪽 편에 서 있던 철은은 무미건조하게 대답했다.

정운은 반사적으로 철은을 바라보았다.

"부정적인 생각일세, 분명 방법을 강구한다면 빠져나갈 길을 찾을 수 있을 걸세."

"제 아무리 숫자에서 밀렸다고 하지만 아무런 손도 쓰지 못하고 고립된 상태네. 저들의 힘을 체감하고도 그런 소리를 할 수 있나? 절반이 오늘내일하는 부상을 입은 전력으로?"

"철은!"

조금이나마 존재했던 희망을 냉담히 꺾는 철은의 말이었기에 정운은 강하게 외쳤다.

하지만 이내 우수에 찬 철은의 얼굴을 확인하니 정운은 아무런 이야기도 이을 수 없었다.

완벽히 산산조각 나 검병밖에 남지 않은 두 자루의 검.

대화산파 최고의 쌍검수라는 말은 이제는 과거의 영광에서나 찾아볼 수 있게 되어버렸기 때문일까……?

철은은 그렇게 헤어나올 수 없는 무기력함에 빠져 있었다.

삼문협을 점령한 이후 서종대의 전진 속도는 흘러가는 강물처럼 유기적이었으며 또 빨랐다.

그 이유는 수세에 몰려 있는 잠룡문도의 사기를 더욱더 절감시키기 위해서 내린 판단이었다.

숭산 꼭대기에서 포착된 원인을 알 수 없는 광경.

그 광경을 신호로 이어진 서종대의 진격, 그리고 대승.

어느 정도의 피해를 감안한 상태로 이어진 진격이었다.

삼문협에서 서종대를 기다리는 잠룡문도의 지휘자가 잠룡 십존 중 한 명이리라 예상했기에 조심스러울 수밖에 없었다.

그 근심과 걱정을 단번에 떨칠 수 있었던 것은 막상 전투가 시작되자 잠룡 십존이라 보이는 존재가 없었기 때문이다.

그러나 안심해서는 안 되었었다.

'이해할 수가 없어……. 삼문협에서 이곳 의마현까지 쉬지 않고 열두 시진 안에 당도한 우리야. 그만큼 거리상 가깝기도 했지만 무슨 수로 숭산에 있던 어진검이 단 하루만에 의마현까지 당도할 수 있었다는 말인가…….'

전혀 가능성이 없는 말은 아니었다.

하루를 쉬지 않고 경신법을 밟아왔다면 충분히 가능한 일이다.

하지만 그 먼 거리를 쉬지 않고 경신법을 밟는다면 내력의 고갈은 불가피할 것이었다.

"아!"

철은과 정운은 순간 서로의 시선을 교환했다.

내력이 고갈된 상태였기에 어진검은 잠룡문의 절기를 시전할 수 없었던 것이다.

하지만 그 사실은 더욱더 철은과 정운을 옥죌 수밖에 없었다.

"그가 내력을 회복한다면……."

정운은 말을 끝내 잇지 못했다.

이미 어진검이 보여준 무위는 어마어마했다.

어쩌면 강호내 극소수만 그 경지를 밟았다는 화경의 극, 그 이상이라고 짐짓 예상하고 있었다.

그런 그가 운기조식을 통해 내력을 회복해 잠룡문의 절대 비전을 시전한다면 어떤 지옥이 펼쳐질지 그 누구도 예상할 수 없었다.

주변은 다시금 침묵에 휩싸였다.

숨이 막혀올 정도로 분위기는 긴장됐다.

"방법이 없는 것은 아닙니다."

지나간 전투에서 한쪽 팔을 잃은 청월이 입을 열었다.

모두가 낙담한 가운데에 울리는 그의 음성에는 강한 희망이 묻어 나왔다.

"아시다시피 잠룡문도가 노리는 것은 저희 선발대 전력 전체의 궤멸입니다. 기본적인 병법마저도 무시한 채 산개 진법을 펼친 우리를 전방과 후방을 중심으로 하나하나씩 각개 격파하는 것이 그들의 전반적인 전술이었습니다."

청월의 음성은 침묵 속에서 모두에게 크게 전달되었다.

"상황을 놓고 봤을 때, 작금과 같은 경우로 쌍방이 밀집된 상태에서 격전이 벌어지면 시전할 수 있는 절기의 한계가 엄연히 정해져 있는 법이지요. 그렇다면 결과는 뻔합니다. 실력

에서 확실한 우위조차 우리는 가지지 못한 상태입니다. 단언
컨대 우리 부대의 궤멸은 처음부터 기정사실화된 상태였습니
다.”

“…….”

청월의 말 하나하나에 작위적인 사실이 없었기에 모두 끄
덕이며 경청할 뿐이었다.

“그나마 방법을 찾는다면 오직 하나뿐입니다. 활로를 찾을
수 있을 거라 생각되는 최선의 방법이 아닌, 가장 확률이 적
은 방법으로 접근할 필요성이 있다는 말입니다.”

철은은 청월의 말에 고개를 대답했다.

“가능성이 높을수록…….”

“잠룡문도 역시 그 방법을 꿰뚫고 있을 테니…….”

청월은 표정을 굳히며 동조의 의미로 고개를 끄덕였다.

모두가 집중한 가운데 다시금 침묵이 주변에 스며들었다.

자리에 모인 일백삼십여 명의 선발 대원 전체는 의미심장
한 표정의 청월의 말이 이어지길 기다릴 뿐이었다.

第三章

약언(約言)

곤륜기신

　　가장 선두에 선 철은과 정운은 상념을 중단하며 서로를 바라보았다.

　　새롭게 정해진 작전이 시작된다면 오로지 앞만 바라보며 쉬지 않고 전진을 해야 했다.

　　어쩌면 서로를 여유롭게 바라보는 것도 지금이 마지막일 수 있을 것이었다.

　　"다시 한 번 강조하지만 놈은 강해. 인정할 수 없을 정도로."

　　"최대한 교전을 피하라는 말로 들리는군."

철은은 고개를 끄덕였다.

그는 천천히 그 존재를 다시금 상기해 보았다.

태풍처럼 다가와 형용할 수 없는 위력을 선보인 잠룡 십존 어진검.

피할 수 없다면 결국 마주칠 테지만 방법이 있다면 그에게서 필사적으로 도주할 충동을 느낄 터였다.

철은과 정운은 천천히 전방을 응시했다.

최선봉에 선다는 것.

이론적으로 이보다 위험한 발상은 없었다.

더군다나 수적으로 열세인 상황에서 선봉을 선택한다는 것은 가장 먼저 죽겠다고 자청하는 것과 별반 다를 게 없었다.

이백이 채 되지 않는 전력으로 수천이 넘는 포위망을 뚫겠다는 모양새지만, 여기서 포기할 수는 없었다.

결정이 끝난 듯 철은은 새롭게 파지된 두 자루의 검을 다잡았다.

"가자!"

삼 열로 나누어진 진법은 일백삼십의 매화검수를 뱀과도 같이 길게 형성되게 만들었다.

짧은 기합 소리와 함께 전열을 가다듬었던 모든 전력이 한달음에 치고 나갔다.

예상했던 대로 포위망을 형성하고 있던 잠룡문도들이 튀어나오며 그들의 발걸음을 막아섰다.

철은과 정운은 서로의 왼팔과 오른팔이 된 것마냥, 순차적으로 수비를 계속하며 공격을 이행했다.

정운을 한 차례 바라본 철은은 고개를 끄덕였다.

본격적으로 속도를 높여야 할 시간이 왔다는 의미였다.

삼열을 유지하던 정운과 철은은 비탈길에 이르기 무섭게 두 방향으로 행렬을 나누었다.

개미 새끼 한 마리 빠져나가는 것을 허락지 않을 생각이었는지 넓게 산개한 잠룡문도들의 선택은 오히려 매화검수들에게 퇴로를 만들어주는 꼴이 되었다.

정운은 회심의 미소를 지었다.

'능선까지만 달리면 된다!'

새롭게 결정된 작전의 요점은 간단했다.

고립된 야산과 의마현에 연결 고리가 되는 능선까지 모든 힘을 다해 가장 빨리 당도하는 것.

지형적으로 전력의 배치가 껄끄러운 능선까지 생각한 시간 안에 도착한다면 윤수현으로의 도주 성공 여부는 순전히 개개인의 능력에 비례될 것이었다.

뒤늦게 본대의 계획을 파악한 모양인지 후미는 지옥을 방불케 하는 추격전이 이어졌다.

"청월……."

철은은 쓴웃음을 지었다.

사실상 이번 작전의 초점은 선발대의 실세에 맞추어져 있었다.

그들의 목숨을 지키기 위해 본대 중심은 물론 후방을 맡은 제자들은 목숨을 버릴 각오를 한 상태였다.

상대적으로 전력의 선진이 가장 위험하다고 볼 수 있었지만, 잠룡문의 주된 목적이 순전히 매화검수들의 전멸이라면 포위망을 넓게 구축할 것이다.

그렇다면 오히려 안전하다 볼 수 있는 곳은 전방이 될 것이었다.

전력의 절반을 차지하는 철은과 정운의 절대적인 무위, 그리고 중심과 후미를 맡은 제자들의 동귀어진이 있다면 철은과 정운은 이 위험한 상황에서 빠져나갈 수 있을 것이었다.

철은과 정운은 약속이라도 한 듯 두 갈래로 방향을 나뉘었다.

둘 중 한 명은 어떻게 해서든 살아남아 윤수현으로 가야만 했다.

생각 이상의 무위를 가지고 있는 어진검이었고, 그런 어진검이 지휘하는 잠룡부대는 믿을 수 없을 정도로 강했다.

둘 중 한 명은 무조건 윤수현으로 도착해 소식을 알려,후에 있을 변수를 미연에 방지해야만 했다.

앞길을 막아서는 잠룡문도 한 명을 거칠게 베어내며 철은은 장담했다.

절대 청월의 죽음이 헛되이 되지는 않으리라.

"성공인 듯합니다, 부대주님!"

후방은 이제 완연히 전방과 절단되어 시야 속에서 사라졌다.

덕분에 정운이 이끄는 분대는 성공적으로 비탈길을 넘어설 수 있었다.

내리막길을 가히 나는 것과 같이 내달리는 형국이었기에 속도는 배가 되었다.

정운은 곁에서 성공 여부를 알리는 제자에게 미소를 보내며 앞을 막는 소수의 잠룡문도를 거침없이 베어 넘겼다.

능선까지의 거리는 한순간에 단축되었다.

정운의 표정은 한결 나아진 상태였지만, 여전히 굳은 얼굴로 전방을 응시했다.

일반적으로 적의 수장이라 예상되는 존재는 항상 후미에서 지휘 체계를 돌보는 것이 자연스러웠다.

하나 예상치 못한 돌파 작전으로 인해 전선의 혼란을 접한 수장은 얼마든지 기세등등하게 앞을 막아설 가능성이 높왔다.

"놈이다……."

불길한 예감은 곧바로 들어맞았다.

전방에서 누군가가 엄청난 속도로 자신을 향해 달려오고 있었던 것이었다.

철은이 철저히 당부를 했기에 불현듯 도망치고 싶다는 충동이 가장 먼저 일었다.

"전원 공격 태세!"

"……?"

본격적으로 속도를 높이려 했던 제자들은 정운의 갑작스러운 명령에 어리둥절한 표정을 지었다.

하지만 정운의 표정에는 미묘한 변화조차 감지되지 않았다.

"하지만!"

"아직도 모르겠느냐!"

"……?"

"녀석을 잡아둘수록 대주님과 그를 따르는 제자들이 성공적으로 저지선을 돌파할 가능성이 더욱 높은 것은 물론이거니와, 목숨을 버릴 각오를 한다면 놈에게 피해를 줄 유일한 방법을 어쩌면 찾을 수 있을 것이다."

필시 이쪽으로 다가오는 존재가 어진검이 맞다면 정운의

말은 맞아떨어질 수 있었다.

철은의 안전한 귀환을 위해 자신이 희생양이 되겠다는 말.

결국 거친 기합 소리와 함께 정운과 상대는 일검을 교환했다.

쩌어엉—

손아귀로 전해지는 근력의 힘은 단연 압도적이라 말할 수 있었다.

하지만 소문으로 듣던 어진검의 힘이라 생각하기에는 단연코 아래였다.

단순히 검의 교환으로 느껴지는 차이로는 정운보다 한 수 아래, 결코 그 이상이 될 수 없던 것이다.

"누구냐!"

"무인으로서의 기본적인 예의범절을 모른 위인이군."

정운은 들고 있는 검에 가득 검강을 시전하며 대답 대신 또 한 차례 일격을 가했다.

상대 역시 검강을 시전하며 정운의 공격에 맞섰다.

정운은 확신할 수 있었다.

마주하는 적은 어진검이 아니다!

"화산파의 정운이다."

"좌적검 열혼랑이다."

정운은 쓴웃음을 지었다.

싸움의 승패 여부를 떠나서 자신을 열혼랑이라 밝힌 사내에 의해 마음이 무거워질 수밖에 없었다.

'철은……'

일순간 불길한 예감이 치솟았다.

만약 예상이 들어맞는다면 철은은 분명 어진검과 또 다시 마주하고 있을 것이었다.

지금의 싸움, 승패는 장담할 수 있었다.

열혼랑이 자신보다 한 수 아래라는 것은 무인의 직감과 힘의 차이로 확연히 드러나는 바였다.

길면 일다경, 승패는 결정될 것이다.

짧다면 짧다고 볼 수 있겠지만, 정운은 낙담에 빠졌다.

정운은 무의식적으로 반대편, 철은이 고전하고 있을 곳이라 생각되는 쪽으로 고개를 돌렸다.

"이상하다……"

능선을 넘어선 지 이미 오랜 시간이 흐른 뒤였지만 철은이 이끄는 소수 소대의 전진 속도는 좀처럼 나아질 기미를 보이지 못했다.

오히려 시간이 흐를수록 다수의 적이 출몰하며 철은의 전진을 막아서고 있었다.

철은은 이미 수십 명의 절정고수들을 상대하는 상태였다.

그들의 목을 베는 것은 고사하고, 그들은 거리를 벌리며 철은의 내력 소모를 유도했기에 철은은 속수무책으로 밀리고 있었다.

―화산검절기 양오검(養吾劍) 극탈(極奪).

시간이 흐를수록 바닥에 쓰러지는 매화검수들의 숫자는 기하급수적으로 많아질 수밖에 없었다.
결국 마지막까지 남아 철은의 좌우를 엄호하던 제자 한 명이 진원진기까지 소모하며 최후 일격을 시전했다.
일순간 공간이 일그러졌다.
철은의 몸이 앞서 나가는 것도 바로 그 순간이었다.

―숙녀검(淑女劍) 유기수라가섬법(流氣修羅暇殲法).

거친 기합 소리와 함께 철은의 손에서도 엄청난 절기가 시전되었다.
우아하며 섬세하지만 그 공력은 상상을 초월하는 숙녀검의 극성 초식 유기수라가섬법이 이어졌다.
그 엄청난 힘은 사방 다섯 장 이상을 삼키며 앞을 막는 잠룡문도의 목숨을 취했다.

전열이 순식간에 흐트러지며 철은은 앞으로 나아갈 수 있는 퇴로를 확보할 수 있었다.

철은은 주체할 수 없는 울분을 삼켰다. 자신의 목숨을 버릴 각오로 철은의 퇴로를 연 제자의 선택 때문이었다.

철은은 이어져 오는 감정을 억누르며 경신법에 사활을 걸었다.

"이해할 수 없다!"

철은은 생각에 잠기며 정운과 했던 지나간 대화를 상기했다.

"…결국 능선에 당도하기 전에 어진검과 조우할 확률이 매우 높다는 것이군."

"……"

"어쩔 수 없어. 비탈길에 진입하게 된다면 두 분대로 나누세."

"그건……."

"최선의 방법이지 않나……?"

철은은 정운의 마지막 말이 기억에 남았다.

만약 어진검과 조우하지 않는 쪽은 대화산파의 명예를 걸고 윤수현까지 달리자고…….

하지만 철은은 이해할 수 없었다.

어진검이 시야에 잡히지 않음에도 불구하고, 고전하는 지금의 상태를 용납할 수 없었다.

철은은 미증유의 힘을 발휘해 저지선을 뚫고 능선을 완전히 벗어났다.

순식간에 산의 초입을 넘어섰지만, 얼마 떨어져 있지 않은 전방에서 누군가가 질풍과도 같이 달려오고 있었다.

철은은 몰려오는 공포에 멈추고 싶다는 강한 충동을 느꼈다.

그가 잠룡 십존 어진검이라는 것.

본능적인 감각이 말해주고 있었다.

당장에라도 도망치고 싶었지만 철은은 이내 정신을 가다듬으며 기합과 함께 강하게 땅을 찼다.

속도를 늦춘 어진검은 철은이 앞으로 다가오는 것을 유유히 바라보며, 천천히 발을 앞으로 뻗었다.

서로의 일초가 공중에서 맞붙었다.

달려오는 힘과 초절정의 일검이 연쇄적으로 이어졌지만 어진검은 침착하게 균형을 맞추었다.

순수 검법으로 상대하기에는 무리가 있는 상대.

시간을 끄는 것은 무의미했기에 철은은 이윽고 결단을 내렸다.

두 자루의 쌍검에 각기 다른 두 개의 초식이 실렸다.

냉천한월공(冷天寒月功)의 오묘한 심법의 위용이 그대로 드러나는 순간, 전신 전체로 뻗어나가는 내력의 힘은 상상을 초월하고 있었다.

내력 소모가 극에 달하며 전신에 혼미함을 더했지만 철은은 묵묵히 쌍검을 교차했다.

허공에 그림이 그려졌다.

―매화천혈검(梅花天血劍) 극성 일월금평수(一越擒平秀).

진원진기를 이용해 어진검에게 경미한 타격이라도 입히고 싶은 작은 바람이 묻어났다.

어진검과 마주한 이상 작전의 성공적인 결과를 위해서라도 이 싸움은 최대한 오래 지속시켜야만 했다.

하지만 철은의 생각이 단번에 간파당한 모양인지 어진검의 검에 미묘한 변화가 일었다.

일순간 그 변화는 급속도로 형성화되며 나타났다.

―잠룡검(潛龍劍) 극공팔엽여총(極功捌燁麗銃).

잠룡문의 절기가 거침없이 발휘되며 철은을 일방적으로 몰아쳤다.

철은은 단 일합의 교환으로, 싸움의 결과를 내다볼 수 있었
다.

열 합을 채 교환하지 못할 것이라는 것.

하지만…….

"대화산파의 명예를 걸고."

단전에 축적된 일 갑자 이상의 모든 내력과 선천진기, 진원
진기가 한 자리에 모여들었다.

철은은 주저하지 않고 진원진기를 육신 전체로 개방시켰
다.

아주 짧은 시간이겠지만 일순간 신선에 근접하는 절대적
모용을 보여줄 수 있을 것이었다.

철은은 어진검에게 엄청난 맹공을 시도했다.

"하아아압!"

하지만 진원진기를 소모한 철은의 엄청난 공격에 어진검
은 직접적으로 마주하지 않았다.

최대한의 간격을 유지하면서 철은의 공격을 견제하며 피
해낼 뿐이었다.

필사적으로 공격과 회피를 번복하는 엄청난 광경.

하지만 진원진기의 소모를 극대화시키는 방법을 그 누구
보다도 잘 알고 있는 철은은 잠시의 여유도 허락지 않는다는
듯이 매섭게 몰아쳤다.

일순간 거리를 재던 어진검이 쇄도하는 철은의 오른쪽 검
진으로 뛰어들었다.

철은은 회심의 미소를 지었다.

비교적 근력이 우위를 점한 오른쪽 검로로 뛰어드는 것은
자살 행위라 볼 수 있었다.

철은이 검에 더욱 힘을 실었다.

"하앗!"

철은은 거친 기합 소리와 함께 어진검의 심장부에 정확히
일검을 꽂아 넣었다.

푸솨사사악—

하지만 비껴간 모양이었다.

어진검의 허리에서 피가 튀었다.

공격이 성공했다는 것에 대한 희열이 이어졌지만, 철은의
얼굴은 급격히 굳어졌다.

뼈를 주고 살을 깎겠다는 의도가 어진검의 얼굴에서 느껴
졌다.

철은은 뒤늦게 검을 빼내려 했지만 어진검의 절기가 거침
없이 단전을 향해 이어져 왔다.

"허어억!"

헛바람을 들이키는 소리를 끝으로 고통 대신 무기력증이
엄습했다.

온몸에 축적되었던 갑자 이상의 내력이 소멸되면서 이어지는 힘의 고갈.

무인으로서의 생명을 잃고 있다는 것.

철은은 허무하게 무릎을 꿇었다.

끝이다.

"…한 가지 궁금한 것이 있다."

"……."

어진검은 대답 대신 철은을 내려보았다.

"잠룡문주 태신청검은 분명 강하겠지?"

"그는 강하다."

"……."

철은의 시선은 여전히 어진검을 향해 고정되어 있었다.

마치 다른 내용을 묻고 있는 듯한 무언의 암시였다.

어진검의 대답이 만족스럽지 못하다는 이유 때문일까, 침묵이 이어졌다.

그리고 잠시 후, 어진검의 입술이 열렸다.

"나보다 몇 배는 더."

어진검의 말이 끝나자 철은은 묵묵히 눈을 감았다.

마치 그의 답변에 만족한 듯 잠시 편안한 모습이었지만 그의 얼굴에는 그늘이 져 있었다.

이렇게 강한 어진검과 태신청검이 있는 잠룡문을 상대로

앞으로 무림맹이 흘려야 할 피는 엄청날 것이라는 사실에 대
한 안타까움이었다.

어진검의 팔이 수직으로 올라갔다.

이윽고 그의 검이 반짝였고, 철은의 목은 중심을 잃고 날아
갔다.

대화산파의 이대제자 철은의 죽음은 그렇게 격전 속 함성
아래 묻혀 갔다.

정운은 점점 무너져만 가는 전선 속에서 힘이 빠져 가는 것
을 느꼈다.

오랜 싸움 끝에 열혼랑을 제압하고 시간을 끈다는 수가 엄
청난 실수로 작용을 했다.

더군다나 열혼랑의 목숨을 취하는 데도 실패했다.

절반으로 나누어진 분대 인원의 대부분이 목숨을 잃은 가
운데, 정운의 표정은 삽시간에 굳어졌다.

구름처럼 모여들었던 적들이 공격을 의도적으로 흘리며
썰물처럼 뒤로 물러났다.

바다가 갈라지는 듯한 착각이 일 정도로 질서있게 물러난
잠룡문도들 사이에서 누군가가 거침없이 걸어 나왔기 때문이
었다.

정운과 살아남은 모든 제자들은 본능적으로 그가 어진검

이라고 짐작할 수 있었다.

정운은 이어지는 무기력증에 무릎을 꿇었다.

어진검의 검에 맺힌 피는 분명 철은의 것도 섞여 있을 터였다.

작전은 실패했다.

철은은 한탄이 섞인 한숨과 함께 읊조렸다.

"대화산이 이렇게……."

저항 의지를 완연히 잃은 정운과 제자들에게 잠룡문도들이 다가왔다.

그 앞에 우뚝 선 어진검은 짤막하게 말을 이었다.

"너는 약한 아이로구나."

정운은 어진검의 말에 흠칫했지만 그저 묵묵히 체념했다.

어진검은 찡그리며 허리춤에 있던 검을 뽑아 수직으로 세웠다.

그저 편안한 어진검의 모습에 모두는 숨을 죽였다.

선발대로 파견된 모든 매화검수들의 죽음.

실질적인 수장인 철은은 물론이거니와 정운마저도 목숨을 잃는 광경.

어진검은 완승의 대한 희열을 느끼며 조소했다.

동시에 들려 있던 검을 내려쳤다.

쩌저저적—

그때였다.

엄청난 속도로 떨어지던 어진검의 검이 공중에서 산산조각 났다.

어디에선가부터 날아온 적색의 검병.

그 검이 잠룡문을 상징하는 적월검임을 확인했을 때, 어진검의 표정은 급격히 굳어질 수밖에 없었다.

모두가 넋을 놓고 사태를 방관하고 있는 사이 오직 어진검만이 움직임을 포착했다.

멀지 않은 곳에서 엄청난 속도의 청의인이 접근하고 있었던 것이었다.

사흘이 채 지나기 전에 유검 일행은 의마현에 도착할 수 있었다.

하지만 일행을 가장 먼저 반긴 것은 마을의 입구에서부터 느껴지는 이질적인 느낌이었다.

사기(死氣).

고요하기만 한 그곳에서 느낄 수 있는 죽은 기운.

아니나 다를까, 무림맹과 잠룡문 간의 격전이 한바탕 이루어진 모양인지 사람의 기척이란 찾아볼 수 없었다.

"일방적이었나 봅니다."

수많은 시체에서 흘러나온 피가 강을 형성하고 있었다.

곳곳에서는 매화검수라 짐작할 수 있는 존재들의 시체가 산을 이루고 있었다.

유겸은 고개를 가로젓고 무릎을 꿇으며 아직 젖어 있는 흙에 손을 가져갔다.

"피가 채 굳지도 않았다는 것은……."

유겸은 손을 털며 제자리에서 잠시 눈을 감았다.

필시 전투가 벌어진 지 얼마 지나지 않았을 터.

아직까지 전투의 여운이 느껴지는 듯한 주변이었다.

어쩌면 멀지 않은 곳에서 여전히 전투가 벌어지고 있을지 모르는 일이다.

유겸은 짐짓 상념에 잠긴 듯 턱을 손으로 쓸었다.

그렇게 얼마 후 유겸은 정황을 따져보며 주변에 시선을 가져갔다.

"필사적으로 탈주하려는 듯한 모양새를 보아 적도 예상하고 있을 후방으로의 도주는 사실상 힘들지요……."

유겸은 그 말을 끝으로 다시금 야산이 있는 곳에 집중했다.

유겸의 말대로라면 후방으로 갈수록 시체의 숫자가 더욱 늘어나야 하는 것이 정상이었다.

굳은 눈초리로 후방을 응시하고 있던 유겸은 시선을 돌려 일행의 발걸음이 이어져온 동쪽 방향으로 시선을 가져갔다.

오히려 동쪽에 널린 시체의 숫자가 더 많았다.

‘서쪽 퇴로로 향하는 길목에 접전의 흔적이 없다면……’

유겸의 생각은 하나로 정리되었다.

그의 시선이 반대쪽으로 옮겨졌다.

그다지 높지 않은 야산.

모두의 눈길이 그쪽으로 쏠렸다.

“누구냐!”

그 순간 일행의 존재를 뒤늦게 파악하고 일단의 청의인이 빠른 속도로 발검하며 다가왔다.

일행은 그들이 아주 근처까지 다가왔지만 아무런 반격도 하지 않은 채 유겸이 가리키는 쪽을 바라보고 있을 뿐이었다.

“으아아악!”

그들의 공격이 동시다발적으로 이루어진 순간은 바로 그때였다.

아주 찰나의 움직임이었지만 다가온 잠룡문도들은 아무런 반격도 하지 못한 채 목숨을 헌납할 수밖에 없었다.

그만큼 공격은 빨랐고, 또 엄청났다.

유겸은 모래구름에 가려진 동쪽 산 중턱을 바라보며 짧게 말을 이었다.

“분명 저 산에 서종대의 일부 전력이 고립되어 있을 것입니다. 서두르도록 하지요.”

유겸과 일행은 얼마 지나지 않아 첫 번째 능선을 넘어 산

중턱에 다다를 수 있었다.

"……."

모두의 표정이 굳어졌다.

수천 명의 잠룡문도 사이로 부복한 단신의 사내.

몇몇 잠룡문도의 우악스러운 손에 붙들린 채 처절하게 울분을 토해내는 매화검수들.

유겸과 일행 모두 분노할 수밖에 없었다.

이 처참한 광경의 주인공이 자신과 그리고 자신들이 이끄는 가신들과 제자들이 될 수 있었을 거라는 사실에 형용할 수 없는 분노를 느꼈다.

"어진검……."

유겸의 시선은 한 사람에게 고정되어 있었다.

섬서장로 어진검. 그의 무공 수위를 직접 본 기억은 없지만, 잠룡문 내에서는 단연 독보적인 능력으로 알려진 존재였다.

과장되어 전달되는 부분도 없지 않아 있겠지만, 짐짓 유추해 볼 수 있는 그의 무공 수위는 화경의 극.

"태신청검……."

유겸의 생각은 거기에서 멈추었다.

태신청검은 분명 어진검보다 강하다고 알려진 절대적인 존재였다.

자신이 전대 맹주 심명 선인으로 강호에 알려지기 전까지 천하제일 이인자로 자리해온 태신청검의 무위.

그의 무위는 화경의 극이라고 알려져 있었지만 지금은 화경을 넘어선 현경에 이르지 않았을까 조심스럽게 가늠할 수 있었다.

그러나 어진검의 실력을 직접적으로 확인하기 전까지는 섣불리 넘겨짚을 수 있는 상태가 아니었다.

하기에 유겸은 더욱더 어진검을 뚫어지게 바라볼 뿐이었다.

유겸의 눈동자는 다시금 붉게 타올랐다.

이제는 완연히 탈피했다.

더 이상 잠룡문도가 아니다.

유겸은 파지한 적월검에 엄청난 내력을 실었다.

목표는 정확히 어진검의 검끝. 그는 힘껏 검을 던졌다.

쩌어어엉—

정운에게 시선을 두고 있던 어진검은 갑작스러운 공격에도 놀라는 표정 하나 짓지 않았다.

반사적으로 유겸에게 시선을 가져간 어진검은 엄청난 속도로 품안에서 무언가를 꺼내었다.

산산조각 난 적월검 두 자루.

검의 파편이 소낙비를 만드는, 그림 같은 한 장면이 펼쳐졌다.

어진검과 유겸, 유겸과 어진검은 그렇게 순식간에 공중에서 맞붙었다.

과거 정과 사, 그리고 마가 부딪혔던 천마대전이 있었을 적, 무림맹 총단이 있는 하남성 정주로 결사의 공격을 해왔던 사파 무사들의 숫자는 당시 일만 명이 넘었다.

각 사파 문파가 보여주는 위력은 상상을 초월했다.

하지만 서로의 독자적인 성향과 어느 곳에도 소속되려 하지 않는 자유분방함이 낳은 사파 특유의 관념 때문일지 몰라도 그 어느 쪽도 단결된 모습을 보여주지 못했었다.

어쩌면 그러한 이유 때문에 사파와 정파의 균형이 오랫동안 지속되었는지도 몰랐다.

무력적인 상호간의 다툼은 없었지만 같은 사파의 속성을 띄는 이들끼리도 서로 관도내에서 마주하기라도 한다면 으르렁거리기 일쑤였고, 나아가 서로의 자존심에 흠집이 나는 일이 생기기라도 한다면 무력 시위까지 벌였던 그들이었다.

그런 그들이 하나가 되어 무림맹 총단 즉, 정파를 무너뜨리기 위해 결단을 내린 것은 사파 마두 마혈문주의 등장 때문이었다.

엄청난 무위로 수많은 정파 무사들의 목숨을 취했던 절대적인 존재.

마의 힘을 하나로 흡수하고 모든 사파의 무사들을 마혈문 아래로 종속시킨, 그렇게 무림맹의 간담을 서늘케 만들었던 사파 마두 마혈문주.

심명 선인과 맞붙었던 최후 결전에서의 패배로 역사 속으로 사라진 존재였지만 그가 발휘했던 무공만큼은 온 강호가 기억할 것이었다.

그런 그가 사용했던 병장기는 다름 아닌 호조였다.

두 쌍, 그리고 세 개의 날을 가진 쌍범호조.

내력을 한계치까지 효율적으로 집배할 수 없다는 실용적인 한계가 있어 호조를 주병기로 사용하는 고수의 숫자는 현재에 와서는 적을 수밖에 없었다.

그런 마혈문주를 상기하게 만드는 어진검의 호조였다.

마혈문의 문주들은 새로이 수장 자리를 계승할 때 같은 병기를 전통적으로 물려주는 형태였기에 과거 정사마가 공존하던 시절 적지 않게 호조를 볼 수 있었던 유겸이었다.

유겸은 오랜만에 자신을 자극하는 그것들을 바라보며 표정을 굳혔다.

어진검이 가진 무공 수위마저도 유겸을 자극할 수 있다면 더할 나위 없는 진풍경이 만들어질 것이다.

현존하는 두 절대지존의 싸움.

자리에 모여 있던 모든 매화검수들의 표정이 굳어진 것은
어진검이 처음으로 공력을 개방했을 때였다.

　―곤륜절기 분광뇌풍조법(紛光雷風爪法) 극조(極爪).

　산이 절반으로 쪼개질 것만 같은 엄청난 위력, 그것은 환상
그 자체였다.
　엄청난 공력의 폭풍이 일었지만 유겸은 전혀 동요하지 않
았다.
　마치 공격 방향을 읽었다는 듯이 어렵지 않게 파해법을 만
들어갔다.
　"심명 선인……."
　엄청난 힘의 교환에 헛바람을 잠시 들이켠 어진검은 싸늘
하게 말했다.
　"…이라는 말이냐!"
　함께 자리하고 있는 일류 문파의 장문인들마저도 넘쳐나
는 공력의 회오리에 몸이 밀리며 한 발자국씩 밀려났다.
　어진검은 사실 유겸의 실체를 인정하지 못하고 있었다.
　태신청검이 소수의 십존들과 일부의 제자들을 이끌고 숭
산의 꼭대기로 향했을 때 어진검은 태신청검의 부재를 대신
해 문파의 다사를 잠깐이나마 책임졌다. 그리고 태신청검의

부재가 모종의 이유 때문임을 감지했었다.

바로 유겸의 정체에 대한 의심.

사실상 유겸의 정체를 의심하는 존재는 문파 내에 없다고 보아도 무방했다.

그 누구보다도 무의 증진과 문파의 명예를 위해 자신을 갈고 닦았던 유겸이었다.

무서운 성장 속도로 그 위명이 파다한 하우극의 열등 의식을 불러왔고, 그 열등 의식이 뜻밖의 시험을 불러왔을 때까지만 해도 어진검은 유겸의 정체를 의심하지 않았다.

딱히 의심할 이유가 없었기 때문이기도 했지만, 불순한 목적으로 태신청검에게 가까이 했다면 그 경우가 어떻게 되었든 결과는 항상 참극으로 끝났으니까 말이다.

하지만 전대 맹주 심명 선인이 그 주인공이라면…….

"멸문에 대한 복수인가……?"

어진검의 호조가 엄청난 속도로 유겸의 급소를 노려왔다.

잠룡문의 화려한 무공이 대기 중에 수를 놓는다.

유겸은 묵묵히 일권을 꽂아 넣으며 그것에 반격했다.

우아한 동작이었다.

비록 병기는 없었지만 간결히 이어지는 유겸의 움직임은 춤사위를 방불케 했다.

용호상박이라 말할 수 있을 정도의 대접전.

하지만 어진검은 알 수 있었다, 그가 전력을 다해 자신을 상대하는 것이 아님을.

그때였다.

균형을 이루던 싸움이 일순간에 기울었다.

엄청난 경신법으로 순식간에 거리를 좁힌 유겸은 각법을 차올렸다.

정확히 어진검의 하초에 닿은 공격은 어진검의 무게 중심을 단번에 무너뜨렸다.

한쪽 무릎의 균형을 잃은 어진검에게 일방적인 공격이 이어졌다.

단지 공격 한방으로 대세를 바꾸어 버리는 순간이었다.

"쿨럭……."

가까스로 일방적인 공격에서 벗어날 수 있던 어진검이었지만, 이미 많은 공격을 허용했기에 각혈이 토해냈다.

화경과 현경의 차이.

보이는 상황만으로도 확연히 구분이 가능했다.

유겸의 표정은 시종일관 굳은 표정이었다.

그의 분노를 느낄 수 있는 대목이었다.

호흡을 고를 시간조차 용납하지 않겠다는 듯이 유겸은 공격을 멈추지 않았다.

어진검은 묵묵히 유겸과 맞설 뿐이었다.

그 싸움은 곤륜파와 잠룡문을 상기시키는 두 마리 용의 움직임이 느껴지는 듯했다.

"버리기 힘든 모양이군."

힘의 차이는 이제 확실히 구분이 지어진 상태였다.

사실상 어진검이 유겸을 상대할 수 있는 방법이란 없었다.

아니, 그나마 가능성이 있는 방법을 찾는다면 진원진기를 이용한 동귀어진……

하지만 어진검은 그러지 못했다.

죽음이 기정사실화된 상태임에도 불구하고 무공을 버리지 못한다는 것.

죽음 앞에 선 잠룡문도들의 동일한 선택이었다.

유겸은 그저 모든 분노를 하나의 형태로 만들어냈다.

승리가 확실시된 상태에서 시간을 끄는 것은 무의미한 일이다.

현경의 무위가 일순간 드러나며 엄청난 공력의 폭풍을 불러일으켰다.

엄청난 기세가 어진검의 두 호조에 맞닿았다.

잉잉거리는 공명음, 어쩌면 병기가 유일하게 내는 비명 소리일지도 몰랐다.

뒤로 밀려나며 살이 찢어진다.

"아까운 것이냐!"

유겸은 진정 격노할 수박에 없었다.

진원진기를 소모하면서까지, 단전이 난도질된 상태임에도 불구하고, 문파를 지키겠다는 신념으로 목숨을 내버렸던 수많은 무림맹의 고수들.

그들은 물론 수백 년간 대를 지켜오며 자리를 굳건히 했던 문파가 멸문지화를 당해 피눈물을 흘릴 수박에 없던 무림맹의 무사들.

그런 그들의 모습을 바라보는 잠룡문도들의 모습은 언제나 비웃음 그 자체였다.

추악한 잠룡문도들의 모습은 이제 여기까지다.

유겸은 생각을 마무리하며 더욱더 손에 힘을 주었다.

유겸의 일장과 일권이 정확히 어진검의 단전과 심장부에 꽂히며 폭발하듯 굉음이 이어졌다.

그것을 필두로 넌지시 유겸의 환상과 함께하던 고수들 모두는 전의를 상실한 잠룡문도의 중심으로 파고들었다.

*   *   *

잠룡 서진군의 실질적인 수장이었던 어진검의 죽음으로 분위기는 반전되었다.

하나 수적 우위를 가졌던 잠룡문도들은 평소의 그 훈련량과 사기를 반증하듯이 시간을 끌며 도주를 선택했다.

다잡은 고기였지만 수적 열세를 극복하지 못했던 유겸과 남겨진 일행은 입맛을 다셨다.

그 순간 마치 약속이라도 한 듯이 잠룡문도들의 퇴로를 누군가가 막아섰다.

"와아아아!"

함성이 일며 일단의 무리가 질서정연하게 늘어서 있는 잠룡문도들을 향해 발검하며 달려들었다.

도주를 위해 유겸 일행에게만 집중하던 잠룡문도들은 때 아닌 급습에 대오를 잃을 수밖에 없었다.

순식간에 양방에서 공격당하는 곤란한 상태에 처한 잠룡부대.

믿을 수 없는 공력이 파도처럼 전열을 휩쓸자 잠룡문도들은 꺼져 가는 초처럼 궤멸될 수밖에 없었다.

"문주님⋯."

정신을 놓고 있던 정운이 반대편으로 달려나가며 부복했다.

굳은 표정으로 전장을 훑어보는 대상에게로 모두의 시선은 집중되었다.

유겸은 마른침을 삼켰다.

노년이었지만 그 풍채만큼은 여전했다.

화산파의 장문인 제현 명인의 등장이었다.

정운은 고개를 조아린 채 예를 취했다.

지나쳐온 상황만으로도 어떤 일이 그곳에 벌어졌는지 쉽사리 짐작이 가능했던 모양인지, 제현 명인은 혀를 찼다.

"일어서거라."

제현 명인의 차가운 음성이 떨어졌다.

정운은 뒤늦게 사태를 정리하기 위해 일어섰다.

"이분들이. 도와주셨습니다."

유겸 일행을 가리키며 정운은 말을 이었다.

무림맹의 휘장이 걸려 있는 것을 바라보며 절도있는 동작으로 서 있던 모두가 포권을 쥐었다.

"화산의 장문을 뵙습니다. 하북팽가의 가주 팽연섭이오."

"황보세가의 가주 황보서현입니다."

"개방의 방주 석현(析晛)입니다."

"진주언가의 가주 언권효(팜權效)이오."

동시다발적으로 이어진 예에 자리에 모여 있는 무림맹 무사들의 시선은 자연스레 그들에게 향했다.

정운의 시선 역시 뒤늦게 인사를 하는 고수들에게로 가 멈췄다.

그렇게 잠시 후, 정운은 화들짝 놀라며 반사적으로 허리춤에 있는 검집에서 검을 뽑았다.

눈 깜짝할 사이에 이어진 공격, 그 대상은 다름 아닌 유겸이었다.

"!"

무시할 수 없는 경지에 오른 정운의 공격이었기에 그 속도는 이루 말할 수 없었다.

유겸과 한 줄로 서 있던 고수들 역시 정운의 돌발 행동에 당황한 표정이 되었다.

하지만 공격은 끝까지 이어지지 않았다. 아니, 못했다.

유겸이 무감각한 시선으로 공격을 두 손가락으로 튕겨 냈기 때문이었다.

"말도 안 되는."

모인 모든 사람들이 놀라는 순간이었다.

"사신검 운유겸, 어떻게 네놈이……."

어진검과의 대면으로 주변을 살피지 못했던 정운에게 있어 유겸이 아무런 제지를 받지 않은 채로 무림맹의 무사들과 한 자리에 서 있다는 것은 납득할 수 없는 부분이었다.

아니나 다를까, 일전 무림맹의 권고를 전하기 위해 숭산행을 택했던 일부 매화검수들이 반사적으로 정운의 공격에 동참했다.

엄청난 공격이 동시다발적으로 이어졌지만, 유겸의 시선은 여전히 제현 명인에게로 가 있었다.

제현 명인으로부터 공심안(公心眼)이 시전되고 있다는 것을 그는 진작부터 감지하고 있었다.

보이지 않는 내면의 것을 들추는 공심안.

내공과 심력으로 알아내는, 절대고수들만 시전이 허락되는 까다로운 비전이었다.

얼마만큼 시간이 흘렀을까?

제현 명인은 갑작스레 제자리에 부복했다.

"무림맹주님을 뵙습니다."

예상치 못한 제현 명인의 행동에 서종대의 모든 무사들은 놀란 표정이 되었다.

공식적으로 알려져 있는 무림맹주 태신청검.

하지만 제현 명인은 잠룡문이 새롭게 무림맹을 대표하는 문파로 공표되는 순간에도 태신청검의 존재 자체를 인정하지 않았다.

오로지 그가 인정하는 무림맹주는 단 한 사람, 심명 선인이라는 것은 모든 화산의 검수들이 알고 있던 사실이었다.

장내는 고요했다.

한바탕 격전이 벌어졌던 의마현에 임시 거처가 마련되었고, 서종대의 실세라 할 수 있는 고수들과 서종대의 새롭게 합류하게 된 유겸 일행은 굳은 표정으로 서로를 응시하고 있었다.

"모두가 아시다시피 서쪽의 서종대와 동쪽의 동열대는 잠
룡문의 분타가 집중되었던 감숙성 일대와 호남성 일대를 점
령해가면서 잠룡본산이 있는 숭산까지 진격해 나가는 계획을
가지고 있었습니다."

유겸 일행은 자연스럽게 서종대에 합류했다.

그동안의 사정과 자초지종을 설명하는 데 꽤나 많은 시간
을 소비할 수밖에 없었지만, 이미 제현 명인이 유겸의 존재를
인정했기에 일방적인 의혹이 생기거나 하는 불상사는 없었
다.

유겸은 천천히 주변을 응시했다.

서종대의 실질적인 책사를 맡은 사천당문의 문주 독왕 당
명운이 지도를 사이에 둔 채 전체적인 혈쟁의 상황을 정리해
나가고 있었다.

"일단은 지금까지 서종대가 지나쳐 왔던 싸움과 그에 따른
결과들을 토대로 새로운 작전 개요를 세우겠습니다. 앞서 있
었던 삼문협에서의 전투에서 대승을 거두었지만, 의마현으로
파견되었던 일천여 명의 선발대가 궤멸에 가까운 피해를 입
은 상태입니다. 안타까운 결과임은 틀림없지만 결과만을 따
져보았을 때 현재 서종대가 입은 피해는 일천여 명의 선발대
를 잃었다는 것뿐, 냉정하게 말해 사기면에서 오히려 천군만

마를 얻은 상태라고 말해도 무방합니다.”

당명운의 시선은 유겸과 주위에 모여 있는 고수들에게로 가 있었다.

때 아닌 절대고수 등장의 파급 효과는 형용할 수 없을 정도였다.

당명운의 말은 계속되었다.

“동시에 우리 서종대에게 있어 가장 큰 난제였던 어진검이라는 지상 과제가 사라졌기에 숭산까지는 장담할 수 없겠지만 적어도 잠룡문도들의 지원 요충지라 할 수 있는 낙양까지의 교두보는 확실하게 점거했다 보시면 됩니다.”

시종일관 여유가 있던 당명운의 표정은 급작스럽게 굳어졌다.

“문제는 서종대가 아닙니다.”

당명운은 지도의 동쪽 부분을 가리키며 말을 이었다.

“태신청검의 분신이라 일컬어지는 어진검이 서쪽 접견지대에 파견되었다고 한들, 실질적으로 잠룡문 내에서도 가장 강하다고 알려진 청랑검전과 어전검대의 존재는 지금까지 발견되지 않았습니다. 상황을 유추해보았을 때 어전검대와 청랑검전은 다음 격전지라 예상이 되는 낙양, 또는…….”

당명운은 말꼬리를 흐렸다.

“동남쪽, 즉 동열대가 지나쳐야 할 하남성과 호남, 강서는 물론 중원 남단을 잇는 일방대로의 초입에서 기다리고 있지 않을까 생각합니다.”

당명운의 말에 장내는 침묵이 돌 수밖에 없었다.

유겸은 당명운의 말에 고개를 끄덕였다.

사실상 어진검이라는 존재의 위압감은 이루 말할 수 없을 정도로 대단했지만, 단신이었을 경우 그 이야기는 달라졌다.

어진검이 아무리 강하다 한들 사실상 천하제일인이라 평가되는 태신청검을 제외하고 가장 강하다고 알려진 화산파의 장문인 제현 명인이 실세로 있는 서종대가 그 상대였었다.

일정한 시간이 주어졌다면 제아무리 어진검이 지키고 있는 서진군이라 해도 무림맹 연합 서종대에게 밀릴 수밖에 없었다.

하지만 이해할 수 없는 부분이 있었다.

‘무슨 꿍꿍이냐, 태신청검……’

숭산 꼭대기로 올라오라는 태신청검의 명령을 받았을 적, 잠룡본산에는 어진검을 제외하고도 걸출한 고수들이 대기하고 있었다.

율거 도인과 양화환검은 물론 그들을 제외하고도 빼어난 실력으로 잠룡 십존의 한 자리를 차지하고 있는 장로들 또한 역시 많았다.

그들 중 일부라도 어진검과 함께 했다면 의마현에서의 전투를 잠룡문이 그렇게 속수무책으로 당하지 않았을 것이었다.

귀신 같은 선택으로 잠룡문을 강호 최고의 문파로 만들어낸 지략가 태신청검이 선택했다고 하기에는 너무나도 무리수와 흠이 있었기에 유겸은 이해할 수 없었다.

“…문제는 동열대입니다.”

“무슨 문제가 있단 말입니까?”

잠자코 경청하고 있던 아미파의 문주 혜연이 특유의 높은 목소리를 내며 물었다.

“아시다시피 동열대의 전세는 약화되어 있습니다. 얼마 전 들어온 소식을 정리해보자면 동열대의 군사이자 책사였던 모용세가의 묘용현도 대인께서 사신검… 운유겸과의 싸움에서 목숨을 잃었고, 동열대의 북진군을 지휘했던 서원 도인마저도 전투에서 명을 달리하셨기에 부대의 분위기와 사기는 일전보다 많이 떨어져 있을 거라는 생각입니다.”

당명운은 유겸의 반응을 조심스럽게 살폈다.

그의 말이 떨어지기가 무섭게 모두의 시선은 유겸에게로 이어졌다.

회의의 참관할 자격이 있는 정운과 몇몇의 장로들은 유겸의 정체와 납득할 수 없는 상황에 의해 회의에 참석하지 않았다.

"물론 제갈세가와 남궁세가의 합류로 동열대의 전력 역시 무시하지 못하겠지만, 청랑검전과 어점검대는 물론 잠룡 십존 중 일부가 동열대의 진출을 막는다면 어떤 결과가 벌어질지 그 누구도 예상할 수 없을 겁니다."

당명운의 말은 거기까지가 끝이었다.

유겸은 어지러운 머릿속을 정리하기 위해 노력했다.

그의 생각이 맞다면 태신청검은 동열대와의 싸움을 먼저 정리한 직후, 유겸이 있는 서종대와 전면전을 치룰 심산이 컸다.

어떤 형태로든 태신청검과 다시 마주한다면 결국 결판을 낼 수밖에 없는 사정이 있었기에 유겸은 태신청검과의 대면을 고대하고 있었다.

하지만 이런 식으로 앉아서 그 싸움을 기다린다면 결국 바닥에 피를 뿌릴 강호인들의 숫자가 많아진다.

그 점을 상기하자니 유겸의 마음은 더욱 혼란스러워질 뿐이었다.

회의가 벌어졌던 임시 처소에서 나와 적막하기만 한 의마현의 전경을 내다보고 있던 유겸에게 누군가가 다가왔다.

유겸 역시 익히 알고 있던 얼굴, 청성파의 문주 청태섭이었다.

“유난히 쌀쌀한 봄 날씨이군요.”

가까이 다가온 청태섭은 묵묵히 유겸과 함께 정면을 바라
보았다.

유겸으로서는 그가 하고 싶은 말이 있을 것이라는 확신이
들었다.

“사실 대인의 등장은 당혹스러울 정도로 급작스럽습니다.
부대 내적으로 대인의 존재를 인정하지 못하는 자들의 숫자
가 아직까지 많습니다. 서열이 낮을수록 그 빈도는 더욱 늘고
요. 부대의 대주님과 일전의 전투에서 대인의 가공할 만한 무
공, 무엇보다도 곤륜파의 무공을 보았다는 데서 불필요한 의
심은 사라진 상태이지만, 모두들 궁금한 눈치입니다. 그간의
일들이.”

“모두가 궁금해하고 있다는 말인가?”

청태섭은 싱긋 웃었다.

“물론 저 역시도 말이지요.”

외유내강이라고 했던가.

서글서글하며 가벼운 입담 사이로 묵직한 전달성이 느껴
지는 듯했다.

청태섭은 유겸의 눈동자를 응시했다.

“모두들 기다리고 계십니다.”

회의가 벌어졌던 임시 거처에는 스무 명이 조금 넘는 사람

들이 자리에 앉은 채 유겸의 등장만을 기다리고 있는 모양새였다.

서종대에 막 합류한 구파의 장문인들은 물론 제현 명인을 필두로 한 서남 일대의 절대고수들이 한자리에 모여 있었다.

더불어 서종대 내에서 중요한 직책에 있는 것을 반증하듯 정운의 모습도 눈에 띄었다.

그렇지 않아도 무거웠던 장내의 분위기는 유겸의 등장으로 더욱더 고조되었다.

그가 들어온 순간부터 서로간의 눈치만을 살필 뿐이었다.

유겸은 입을 열었다.

"많이 궁금하실 거라 생각합니다. 지난날을 돌이켜보면, 결국 인간의 간사한 욕심이 불러온 결과물이라 어쩔 수 없다고 하고 싶을 정도로, 책임질 수 없을 만큼 강호인들의 신음 소리가 중원 전체에 퍼지게 한 것, 어떻게 용서를 구할 수 있겠습니까."

유겸은 쉽사리 형용할 수 없는 지난날을 회고하며 하나둘씩 그들이 궁금해 할 것이라 생각되는 부분을 해석시켜 나가고 있었다.

"인간의 욕구는 끝이 없다고들 합니다. 세월이 지날수록 열세해지는 곤륜파를 바라보며 또 곤륜파의 사정과는 다르게 나날이 일취월장해 가는 신흥 세력을 바라보면서 욕심을 부렸던 것일지 모릅니다. 강호인 가운데 그 누구도 오르지 못한 생사경의 반열에 오른다면 곤륜파의 역사를 다시 쓸 수 있다는 생각에 필생을 걸고 새로운 경지에 오르는 시도를 했지만 결국 실패했습니다."

유겸의 말이 끝나기가 무섭게 탄성이 일었다.

강호에는 지금껏 알려지지 않은 신선의 경지, 생사경에 도전했다는 사실만으로도 큰 파장을 일으키고 있었다.

"생사경의 경지에 오르지 못했고, 주화입마는 곧바로 찾아왔으며 감당해 낼 수 없는 공력의 폭풍 사이로 육신이 내던져졌습니다. 어떤 일이 벌어졌다 느낄 새도 없이 기화되어 버렸죠."

유겸은 덧붙였다.

"그렇게 환생을 하게 되었습니다."

나지막한 유겸의 한마디로 장내는 다시금 소란스러워졌다.

심명 선인이 살아 생전 현경에 경지에 올랐다는 사실보다 환생을 했다는 사실에서 더욱 놀라움이 증폭되었다.

"하지만 어째서 스스로 잠룡문도가 되는 길을 선택했다는 말입니까"

유겸의 말이 계속해서 이어지는 가운데, 잠자코 그의 말을 경청하고 있던 정운이 모두를 대표해서 질문을 던졌다.

유겸은 대답했다.

"그것이 가장 확실한 방법이었기 때문입니다."

"확실한 방……."

"그만큼 태신청검을 암살할 수 있는 가능성이 가장 높았기 때문이기도 했지만, 개인적인 욕심이 컸기 때문이라고 말씀드리고 싶군요."

"욕심이라니……."

"본래 도가와 불가 사상에 의하면 환생을 경험한 사람에게 전생의 기억이 부여되는 것은 불가능한 일입니다. 하지만 생사경에 오를 것이라는 필생의 목표를 계획한, 또 그 청계획을 실행하는 것에 실패한 저에게 하늘은 기억을 빼앗아가지 않았지요. 이후 제가 가장 주시해야 했던 것은 단연 곤륜파의 사정이었습니다."

유겸은 과거를 생각했다.

발전을 기약했을 것이다, 더욱 강성해졌을 것이다 라고 생각하며 걱정했던 곤륜파의 안위가 위험해졌고, 끝내 멸문에 이를 수밖에 없었다.

그 중심에 있는 잠룡문.

복수심에 불타오를 수밖에 없었던 유겸은 잠룡문도의 직계 아들이라는 사실을 오히려 하늘의 도우심이라 생각하며 받아드렸다.

최고의 잠룡문도가 되는 것.

가장 최고의 잠룡문도가 되어 복수의 처음과 끝을 자신의 손으로 이루겠다 다짐했던 과거가 상기되었다.

"여기 계신 모든 장문인들에게 동일한 질문을 던지게 된다면 역시나 동일한 답변으로 저에게 대답하실 겁니다. 수백 년의 역사가 살아 숨쉬는 문파가 멸문지화에 놓인다면 어떤 선택을 하실 것인지, 방법은 다르겠지만 결과는 똑같지 않을까 생각합니다. 과연 어떤 행동으로 면죄부를 살 수 있냐 물으신다면 이렇게 대답하고 싶습니다."

유겸은 모두가 모인 앞에서 사죄하고 싶었다.

태신청검의 행동을 방관했다?

과연 어울리는 말일까 생각하게 된다.

환생한 직후 기억은 있어도 과거의 힘을 찾기까지 걸린 시간은 매우 길었다.

힘을 찾기 전까지 섣불리 결단의 움직임을 보일 수 없다는 것은 어쩌면 당연했다.

하지만 그들의 눈에 자신의 모습이 그렇게 비추어졌다면 사죄해야만 한다.

"잠룡문의 멸문을 약속드리지요."

第四章
계략

곤룡기신

　서종대의 연이은 승전보에 자극을 받은 듯 동열대 또한 그
기세를 몰아 여남현까지 한달음에 북진했다.
　사실상 여남현을 넘어서면 잠룡본산이 있는 숭산까지의
거리는 더욱 좁혀지기에 동열대 모두는 흥분에 사로잡혀 있
었다.
　그러나 막사 안은 냉랭했다.
　일방대로의 초입부터 대승의 대승을 거둔 사람들의 모습
일까 생각할 정도로 자리에 모인 모두의 표정은 좋지 못했다.
　흥분에 사로잡힌 일반 무사들의 표정과는 상반된 그들이

었다.

동열대주이자 무당파의 장문인인 의영 진인은 턱에 손을 올리고 말을 시작했다.

"난감합니다. 태신청검의 속셈을 알 수 있는 방법이 없으니."

"자칫 심각한 상황으로 전이될 가능성이 농후한 문제입니다. 연이은 승전보에 사기는 극도로 올라간 상태이지만, 우리가 상대했던 잠룡문도들의 대부분은 강해봐야 절정, 일류에 못 미치는 무사들이 태반이었습니다."

의영 진인의 말을 받은 제갈여명은 고민의 잠긴 표정이 되어 대답했다.

"전원 화경이 넘은 잠룡문 최대의 부대 어전검대 또는 그 한 수 아래인 청랑검전은 아니더라도, 잠룡 십존 양화환검이 이끄는 나포삼검대의 등장이 있어야 납득할 수 있는 문제가 아니겠소? 수백 리는 북진했지만 적의 실세는 코빼기도 보이질 않으니."

장내에 있던 남궁천 역시 자신의 애검을 쓸어 만지며 말을 이었다.

적의 실세인 대단위의 부대가 아직까지 동열대의 앞을 가로막지 않는 상태였다.

그들을 만나기 전까지는 승패를 속단할 수 없는 법.

하지만 이미 연이은 승전보로 인해 동열대의 사기는 이루 말할 수 없이 증대되는 추세였다.

만약 불시의 패배가 생긴다면 사기의 하락은 절대적이었다.

의영 진인과 그곳에 모여 있는 책사들은 그 점을 염두에 두고 있었던 것이었다.

"하지만 벌써 우리는 여남현에 도착해 있는 상태입니다. 이곳에서 더욱 북진을 허락한다면 숭산으로 들어갈 수 있는 여러 갈래의 길을 선뜻 상납하는 꼴이 될 것입니다. 그것을 방지하기 위해서라도 적의 실세와 충돌은 불가피할 듯 보이는군요."

긴 생각을 마친 제갈여명이 설명을 덧붙였다.

의영 진인이 한마디 더 하려는 순간, 예비 막사 안으로 인기척이 들려왔다.

정찰 임무를 맡았던 제자 한 명이 들어와 부복했다.

"정찰을 나간 무사 오십 명, 전원 복귀했습니다. 네 개 조로 나뉘어 전방을 살핀 결과, 상대의 총 숫자는 삼천 명 내외라 생각됩니다."

확연히 줄어든 숫자라는 데 이견은 없었다.

제갈세가와 남궁세가 및 여러 군소 문파들의 합류로 팔천 명에 가까운 숫자를 가지고 있는 동열대로서는 절대적인 수적 우세에 있었다.

"적의 실세 부대는 어떤 부대지?"

사실상 모두가 궁금해하는 질문이었다.

"위험 부담이 컸기에 가까이 다가가지 못했습니다. 하지만 일격진(一擊陳)을 형성한 모양새가 금방이라도 진격을 해올 것만 같은 낌새였습니다."

제자의 말에 의영 진인의 두 동공이 급격히 확대되었다.

"선발대로 총 몇 명이나 나가 있지? 어디에 있나?"

"여남현에서 한 시진 거리에 있는 석충현에 있습니다. 그동안 있었던 연전연승의 여파로 인해 자원한 무사들이 너무 많아, 절반만 차출한 상태임에도 불구하고 이천 명에 육박합니다."

의영 진인은 다급한 눈초리가 되어 자리에서 일어나 물었다.

"지휘를 맡은 자가 누구지?"

"무당파의 운선 도인과 모용세가의 소가주이신 모용선도께서 직접 나신 상태입니다."

"큰일이군."

의영 진인은 반사적으로 제갈여명과 남궁천의 눈을 바라보았다.

그들 역시 사태의 심각성을 미리 짐작한 상태였다.

그들이 그토록 고대했던 잠룡문의 실세 부대, 어전검대 혹은 나포삼검대가 그 주인공이 될 것이었다.

그들이 서전을 장식하는 진법은 오로지 일격진뿐이었다.

무식할 정도로 병법에 어긋나는, 다소 위험성이 부가되는 진법이었지만 그들이 가진 개개인의 실력과 합공 능력은 자타가 공인하는 바였다.

만약 그들이 생각하는 사태가 초래된다면 어전검대 혹은 나포삼검대와 석충현의 동열대 선발대의 마찰은 불가피했다.

더군다나 상황은 더욱 좋지 못했다.

운선 도인과 모용세가의 소가주 모용선도 같은 경우에는 감정적으로 치우쳐 있는 상태였다.

특히나 모용선도 같은 경우에는 그 점이 더욱 컸다.

아버지의 죽음을 묵과할 수밖에 없었다는 점에서 지금까지 치러 왔던 모든 전투를 선봉에 서서 지휘했다.

냉철한 판단을 무기로 삼는 어전검대주 하우극 또는 나포삼검대주 양화환검과 마주한다면 단정지을 수는 없었지만 필패할 가능성이 농후했다.

"최대한 발빠른 무사를 소집하여 석충현으로 편서를 띄운다. 설사 잠룡문에서 먼저 선공을 한다 할지라도 대응하지 말고 본대와의 합류를 기다리도록 전달해야 할 것이다."

의영 진인은 남궁천을 바라보았다.

"최대한 빨리 석충현으로 가주셔야겠습니다."

하우극 또는 양화환검과 대등히 맞서 싸울 수 있는 존재로는 남궁천이 적격이었다.

남궁천은 짧게 포권을 쥐었다.

"명을 받들겠습니다."

의영 진인은 바깥으로 나와 대기하고 있던 모든 무사들에게 외쳤다.

"석충현으로 간다!"

*   *   *

석충현 동열 선발대의 대주 모용선도는 잠룡문도가 공격해 들어온다는 소식 한마디에 튕기듯 반사적으로 임시 막사를 뛰쳐나갔다.

역시 정찰조로부터 소식을 전해들은 듯 운선 도인 역시 자신의 애검을 챙겨 나온 채로 전방을 주시하고 있었다.

모용선도와 운선 도인의 얼굴은 활화산이 타오르듯 벌개져 있었다.

전장에서 싸늘한 주검으로 전사했던 모용현도와 서원 도인의 생전 모습이 그들의 머릿속에 아직까지 기억에 남아 있었다.

먼지구름을 일으키며 다가오는 잠룡문도의 숫자와 선발대의 숫자는 얼추 비슷해 보였다.

아니 사실상 수적 우위는 석충 선발대에 있었다.

적은 짧은 교전을 통해 탐색을 시도하려는 모양새였다.

운선 도인은 특유의 호쾌한 목소리로 전장을 내다보는 모용선도에게 말했다.

"선봉을 맡겨주시오."

운선 도인은 잠룡문도의 발길질에 밟혀 목숨을 잃은 선배 도승인 서원 도인의 모습이 상기되었다.

그의 목숨을 가져간 잠룡문도가 바로 앞에 있다 생각하니, 참을 수 없는 흥분을 느끼는 것은 당연했다.

사실 그들이 이끄는 선발대가 석충현의 도착한 지 반나절밖에 되지 않았다.

마음 같아서는 도착하는 것과 동시에 공격 명령을 내리고 싶었지만, 진군 속도를 늦추지 않으며 전진해왔기에 휴식을 취해야만 했다.

그래야만 제대로 된 싸움을 할 수 있을 거란 판단이 있었기에 공격을 유보했던 것이었다.

하루가 채 지나지 않았지만 당장에라도 전장에 서고 싶던 석충 선발대 전원으로서는 잠룡문도의 선공이 오히려 반가웠다.

"함께 가지요……."

모용선도는 나직이 읊조렸다.

조용한 음성이었지만 냉랭함과 싸늘함이 느껴지는 목소리였기에 운선 도인은 섬뜩함을 느꼈다.

자신이 느끼는 감정보다 아버지를 잃었다는 데서 오는 그의 슬픔이 더 컸다. 말릴 수 없다는 듯 활활 타오르는 감정이었다.

홀로 전장을 누비며 잠룡문도들을 향해 즉참을 내리고 싶던 모용선도로서는 운선 도인과 함께 나가는 것만으로도 그가 느끼는 분노 역시 크게 배려하고 있다는 것을 느꼈다.

운선 도인과 모용선도는 짧게 시선을 교환하며 서로의 애검을 빼 들었다.

무당산자소궁(武當山紫宵宮)으로 단련된 운선 도인이 비호처럼 전장을 휩쓸고 있었다.

전후방을 동시 타격하는 엄청난 속도의 쾌검이 그의 실력을 반증하고 있었다.

운선 도인의 일검이 일 때마다 적의 선진은 파도가 친 듯 출렁거렸다.

모용선도의 우아하고 정교한 움직임 역시 무시할 수 없었다.

넉 장은 넘어가는 기다란 연검은 불과 얼마 전까지만 해도 아버지 모용현도가 분신처럼 여기며 사용해왔던 검이었다.

이제는 그의 검이 된 연검에서 아직 아버지의 온기가 느껴지는 것만 같았기에 모용선도의 움직임은 흡사 죽은 모용현도와도 같았다.

허공을 수놓는 아름다운 초식이 전개되며 잠룡문도들을 향해 심판을 내리고 있었다.

단 일격에 적의 선진을 무너뜨린 모용선도와 운선 도인의 실력에 뒤따르던 석충 선발대의 무사들은 환호성을 내지르며 적의 중심부로 더욱더 파고들었다.

그렇지 않아도 급상승했던 사기가 흥분 상태를 넘어섰다.

두 명의 지휘관이 앞에 있다는 사실만으로도 천군만마를 등에 업은 것과 같은 느낌이었다.

그렇게 전투는 시작되었다.

일방적으로 이어질 것이라 장담했던 전투의 양상이었다.

그렇게 승리할 것이라고 낙관했던 두 고수의 표정이 급격히 굳어진 것은 막 선진의 대오를 궤멸시킨 때였다.

성난 해일과도 같이 짓밟히던 상대의 대열이 갑자기 벽처럼 굳건해졌다.

말 그대로 좀처럼 전진할 수 없었다.

양옆은 물론 전후방 모든 것이 막힌 마냥 잠룡문도들은 합격을 하며 압박해왔다.

"대인! 함정인 것 같습니다!"

믿을 수 없는 반응 속도와 반격에 힘겹게 수비한 모용선도는 목소리에 내력을 얹어 역시 힘겨운 싸움을 하고 있는 운선도인에게 외쳤다.

거친 함성 속에 그의 말은 제대로 전달되지 않았지만, 운선도인 역시 모용선도의 뜻을 이해했다는 듯이 시선을 던져왔다.

그순간 모용선도는 놀란 눈이 되어 반사적으로 내공을 끌어올렸다.

상상조차 할 수 없는 사각 지대에서 엄청난 빠르기의 공격이 모용선도의 허리를 노려왔기 때문이었다.

호신강기를 극적으로 끌어올리며, 삼화심옹진(三華心邕鎭)의 위용을 빌려 연검수뢰제검(軟劍水雷提劍)을 시전한다.

모용선도는 허리를 내줌과 동시에 공격이 이어지는 방향으로 검을 휘둘렀다.

파바바박─

허공이 뒤틀렸다.

마치 공간이 일그러지는 듯한 연검수뢰제의 위용이 드러나는 순간이었다.

하지만 모용선도의 표정에서는 긴장감이 묻어났다.

자신의 허리춤으로 이어지는 공격의 빠르기를 생각하면 결코 피할 수 없었다.

허리를 내주는 대신 급습한 상대에게 공격을 감행하고자 하는 최선의 선택이었다.

"크으윽."

일순간 엄청난 통증이 허리춤에서 일며 피가 튀었다.

정신이 번쩍 드는 가운데 모용선도의 공격은 믿을 수 없게도 허공을 긋고 있었다.

피가 분수처럼 튀었다.

허리춤을 깊게 벤 검상은 혼미함을 더해왔다.

모용선도는 미끄러지듯 자세를 낮추며 계속해서 이어지는 후방 공격을 차단하여 차례대로 근접한 적의 목숨을 취했다.

하지만 여전히 시선은 자신에게 치명상을 입힌 상대에게 가 있었다.

"누구냐."

상대는 뒷짐을 쥔 채로 칼을 꼬나들고 있었다.

여유있다는 듯이 모용선도가 분투하는 모습을 내려본 그는 짧게 말했다.

"무림맹 연합이 이길 것이라 생각하는 건가, 이 혈쟁을?"

동열대는 물론 승리를 위해 고군분투하는 무림맹 연합 전체도 장담할 수 없는 주제의 이야기를 그는 서슴없이 모용선도를 향해 던졌다.

모용선도 역시 깊게 생각해보지 못한 주제였기에 쉽사리 대답을 하지 못했다.

"대답이 필요한 질문인가?"

모용선도는 외쳤다.

"누구냐고 물었었나?"

"……."

"내 이름은 하우극, 그 대답을 잊게 해주겠다."

모용선도는 그의 답변이 떨어지기가 무섭게 심장이 얼어붙는 듯한 착각을 느꼈다.

어전검대주 하우극, 그토록 전장에서 볼 수 없었던 잠룡문의 실세이자 최고 부대의 대주.

그의 등장은 모용선도에게 있어 곧 공포라 해도 무방했다.

유유적적 유령과도 같은 보법을 밟은 채 순식간에 거리를 좁힌 하우극은 뒷짐을 쥔 채 들고 있던 적월검을 비스듬히 치켜들어 모용선도의 급소를 노렸다.

공력의 힘을 극대화시키는 잠룡검법에 두 갑자가 넘는 엄청난 양의 내공이 적룡을 그려냈다.

그 어떤 존재에게도 공개되지 않았던 순수한 전장살생검법, 어전검대에게만 허락된 섬뢰제룡검(殲雷劑龍劍)의 엄청난 등장이었다.

허공에 모습을 드러낸 적룡은 상대의 목숨이 끊어질 때까지 쉬지 않고 물어뜯는다.

그것이 이 섬뢰제룡검이 가진 위용이었다.

부상을 입은 상태라 투박한 공격을 피해 내지 못한 모용선도는 한순간이라도 방심하면 그것이 곧 죽음으로 직결된다는 사실을 피부로 느낄 수 있었다.

반사적으로 검을 고쳐 잡으며 모든 내력을 일검에 쏟아부은 모용선도는 하우극의 공격에 맞섰다.

꽈아아아앙—

단 한 번의 충격으로 인해 왼쪽 손목이 바스러졌다.

고통을 느낄 새도 없이 모용선도는 경악할 수밖에 없었다.

적룡의 형상이 모용선도의 연검을 녹이고 있었기 때문이었다.

모용선도는 맞대응을 포기하며 심신을 자연에 놓기 위해 정신을 집중했다.

마지막 희망이라 볼 수 있는 선천진기를 포기하며 동귀어진하겠다는 생각이었다.

하지만 모용선도의 계획은 뜻대로 이어지지 못 했다.

퍼어엉, 파파파팍—

하우극은 어느새 두 손으로 적월검을 잡은 채 마지막 공격을 모용선도에게 성공시켰다.

그의 외관은 처음과는 달리 땀에 젖어 있었다.

엄청난 내공의 소모를 반증하는 모습이었다.

동시에 모용선도에게 내려진 심판의 결과는 참혹했다.

"말도 안……."

모용선도의 뼈와 살이 사방으로 낭자하며 튀었다.

섬뢰제룡검은 정통으로 모용선도가 들고 있던 검의 중심에 가해졌고, 깨진 연검 사이로 하우극의 일검이 모용선도의 가슴에 맞닿았다.

그순간 모용선도의 몸은 수천 수만 조각으로 나뉘어졌다.

그것이 끝이 아니었다.

일방적이고 잔인한 섬뢰제룡검의 공력은 비단 모용선도에게만 국한 된 것이 아닌, 주변에 있던 무림맹의 무사들을 무저항 상태로 만들었다.

하우극은 가쁜 숨을 몰아쉰 채로 전장을 내다보았다.

한 명의 수장을 잃은 석충 선발대의 이천 전력의 운명이 각에 달렸다는 데 이견을 제시할 사람은 그 어디에도 없었다.

쿵쿵쿵쿵―

석충 선발대를 자청했던 이천여 명의 무사를 제외한 육천여 명의 동열대 전체 전력이 앞 다투어 전진하는 발소리는 가히 장중했다.

빠른 경신법으로 두 시진 거리에 있는 석충현까지 모든 전력이 제 시간 안에 움직이는 것은 불가능했지만, 상황이 상황이었기에 동열대 전체는 군말없이 전진을 거듭했다.

하지만 전진은 그리 빠르지 못했다.

그 유명한 안개구름이 아침 시간을 틈타 시야를 불편하게 했기 때문이었다.

"멈추어라."

가장 앞장선 채 빠른 전진을 독려하고 있던 의영 진인은 모두에게 명령을 내렸다.

같은 선상에서 발걸음 하던 남궁천 역시 의아한 표정으로 전방을 바라보았다.

엄청난 숫자의 적이 나타났거나 기습을 우려해서 멈추어 선 것이 아니었다.

단지 아침 안개가 자욱이 올라오는 주변 때문에 잔뜩 신경을 쓰고 있던 의영 진인과 남궁천은 귓가를 때리는 규칙적인 소음에 안구에 내력을 얹어 전방을 더욱 심도있게 응시했다.

딸그락 딸그락─

수레바퀴가 움직이는 소리가 멀리서 들려왔다.

안개 때문에 자세한 전방의 상황을 넘겨짚을 수 없었지만, 저 멀리서 수레로 짐작되는 물건이 조금씩 가까워졌다.

"모두 긴장을 늦추지 말도록."

사소한 것이라도 쉽게 넘겨서는 안 될 전장이었다.

진중한 눈초리로 대열을 정비한 의영 진인과 남궁천은 점점 가까워지는 수레에 다가갔다.

다 늙어빠진 나귀가 금방이라도 부서질 듯 위태로운 낡은 수레에 무언가를 싣고 다가왔다.

“이… 이!”

남궁천과 의영 진인은 이내 수레에 실려온 무언가를 볼 수 있게 되었고, 그것을 확인하는 순간 이성을 잃을 수밖에 없었다.

“대… 대인…….”

철철 흘리는 피는 흡사 분수와도 같았다.

큰 상처로 인해 반쯤 개방된 머리에서는 뇌수로 짐작되는 끈적거리는 것이 흘러내리고 있는 상태였다.

사지가 모두 절단된 가운데 두 개의 눈동자마저 빼앗긴 처참한 모습.

전투에서 살아남은 무당파의 젊은 장로의 모습이라고는 상상할 수 없는 참혹한 광경이 의영 진인과 남궁천, 그리고 제갈여명의 눈앞에 펼쳐졌다.

살아 있다는 것도 믿을 수 없는 운선 도인의 모습에 의영 진인은 할 말을 잃었다.

“대… 대인…….”

같은 말만 되풀이할 뿐 운선 도인은 희미해져만 가는 정신을 추스르며 무언가를 말하고자 했다.

절단된 사지의 끄트머리에는 사술이 시전된 모양인지 흘러내린 피가 잔뜩 응고된 상태였다. 이토록 처참한 상태임에도 불구하고 목숨마저 잃지 못하게 하는 끔직한 사술이었다.

엄청나게 많은 양의 피를 흘리고도 살아남을 수 있었던 이유는 그걸로 설명이 가능했다.

안개가 서서히 걷히며 전방의 상태를 확인할 수 없던 모든 동열대의 무사들은 눈앞에 펼쳐진 처참한 광경을 소리없이 함께할 뿐이었다.

"들어가면 안… 함……."

푸솨아아아아—

혼신의 힘을 다해 무언가를 말하기가 무섭게 사술이 풀린 모양인지 응고되었던 피가 공중에서 터지며 남아 있는 모든 피가 사방으로 튀었다.

피보라가 펼쳐지며 의영 진인과 남궁천, 그리고 선진에 있는 동열대 무사들에게 운선 도인의 낭자하게 튀었지만, 모두들 감정없는 시선으로 혈우(血雨)를 맞았다.

모용세가의 가주였던 모용현도의 죽음을 목도했을 때도 놓치지 않았던 이성의 끈을 의영 진인은 놓았다.

비단 그것은 의영 진인에게만 국한된 것이 아니었다.

그 자리에 함께하는 모든 고수들은 소리없이 안개 사이를 달리기 시작했다.

그들이 시전할 수 있는 최고의 상승 경신법으로 안개 사이를 뚫고 거침없이 달려 나갈 뿐이었다.

"전원 사진(蛇陣)을 형성한다."

심드렁한 표정으로 어깨에 적월검을 걸치고 있던 청랑검전의 전주 원준은 일렬로 서 있는 정예의 전원들을 바라보며 말했다.

절도있는 동작으로 진법을 형성한 전원들의 모습은 흡사 한 마리의 뱀을 연상시켰다.

수풀 사이로 드러난 곳은 오로지 두 개의 검은 눈동자뿐. 숨소리마저 낮았기에 전원들의 분위기는 강시와도 같았다.

매복을 위한 최적의 조건을 갖춘 청랑검전의 모습, 원준은 긴장 어린 표정을 지으며 뒷짐을 쥐고 있는 한 존재에게로 시선을 가져갔다.

"아무리 어전검대원과 청랑검전, 그리고 나포삼검대 전원이 모였다고 한들 동열대의 숫자는 육천에 육박합니다. 혹 말살 작전이 실패한다면 우리 전대의 생사 여부도 장담할 수 없을 것입니다."

하우극은 원준의 말에 무미건조한 눈초리로 대답했다.

"패배를 염려하는 건가, 원준. 우린 이미 이천여 명의 석충 선발대를 전멸시켰다."

하우극은 그 말을 끝으로 간간이 떨리는 오른손을 불끈 쥐어 보였다.

내공의 급작스러운 소모로 인해 여전히 그의 이마에는 식은땀이 맺혀 있었지만, 어쩌면 하우극이 그런 투혼을 발휘했기에 석충 선발대와의 전투에서 대승했던 것이라고 원준은 생각하고 있었다.

원준은 자신의 속마음을 그대로 하우극에 내보일 수 없었다.

모용선도와 운선 도인은 앞서 동열대의 선발대를 지휘했던 서원 도인이나 모용현도의 절반도 미치지 못하는 풋내기들이었다.

그들의 사기는 높았을지언정 지휘관이 목숨을 잃은 가운데 전투를 계속 이행할 수 있을 만큼의 정신 상태를 가진 동열대원은 없었다.

그렇기에 앞선 전투에서 대승을 거둘 수 있었던 것이었다.

'하지만……'

제아무리 실력 면에서 월등했던 잠룡문도들이었지만, 석충 선발대와 맞섰던 일천오백 명의 전원 중 백여 명이나 목숨을 잃었고, 그 두 배에 해당하는 전원들이 전력에 힘을 더하지 못하는 상태, 즉 부상을 입었다.

그럼에도 사로잡힌 운선 도인에게 강호인으로서는 상상도 할 수 없는 고문으로 사술을 시법해, 끔찍한 광경을 만들어 동열 본대가 오고 있을 방향으로 보낸 것에는 원준은 놀람을 금치 못했다.

동열대의 본대를 이끄는 존재들은 다름 아닌 의영 진인과 검법으로는 그 누구도 당할 수 없다는 실력의 소유자 남궁천, 그리고 그들에 못지 않은 제갈여명이었다.

하우극과 자신, 그리고 아버지 못지 않은 실력으로 전투에 차출된 양화환검의 첫째 백천후라 할지라도 그들 셋을 막아 내기에는 무리가 있었다.

"죽음이 두려운 건가, 원준?"

갑작스럽게 이어진 하우극의 말에 원준은 뜨끔했다.

그럴지도……. 어쩌면 정말 그럴지도 모른다는 생각에 원준은 은연 중 고개를 살짝 끄덕였다.

"이번 전투가 끝난다면 느끼게 될 것이다."

"무엇을 말입니까?"

하우극은 조소했다.

"죽음을 몰아내고 자네 가슴속을 가득 채울 즐거움을 말이다."

하우극은 그렇게 덧붙였다.

"그럼 부탁한다. 앞으로 세 번의 전투, 동열대는 일방대로의 중현(中峴)을 채 도착하지 못하고 전멸할 것이다. 물론 자네가 첫 번째 급습을 성공했을 때 이야기겠지?"

하우극은 그 말을 끝으로 등을 돌렸다.

그의 뒤로 절도있는 동작으로 어전검대원 전체가 발을 맞추었다.

하우극은 고개만 살짝 돌린 채 원준에게 속삭이듯 말했다.

"문주님이 당도하시기 전까지 끝을 내지. 청랑검전주 원준."

*　　*　　*

여남현에서 석충현, 그리고 서평현까지의 먼 거리를 반나절만에 도착할 수 있는 가능성이란 사실상 희박했다.

단신이라면 모를까, 다수의 무리가 함께 움직이는 경우 가능성 자체를 언급할 수 없었다.

하지만 육천여 명의 동열 본대는 그 생각 자체를 무시하듯 서평현까지 엄청난 속도로 주파했다.

최전방에 자리한 채 도주하는 일백여 명의 잠룡문도의 털 끝까지 두 갈래로 양단한 의영 진인의 표정은 여전히 가라앉을 기미를 보이지 않았다.

남궁천과 제갈여명 역시 마찬가지였다.

가히 철마가 나는 속도로 뒤쫓아왔음에도 불구하고 백여 명의 목숨밖에 취하지 못했다는 점에서 만족할 수 없는 동열대의 실세들이었다.

얼마만큼 무리하며 달려 왔는지 대원들의 입안에서는 단내가 풀풀 풍겼고 정돈되었던 복식은 넝마가 되어 있었다.

하지만 여전히 그들의 얼굴은 복수심에 활활 타올랐다.

쿵—

여전히 전방을 응시한 채 싸늘한 표정을 짓고 있던 실세들 앞에 누군가가 다가와 무릎을 꿇었다.

책사들의 회의 때 얼굴을 비추어 익히 알고 있는 인물이자 일단의 분대를 통솔하는 지휘관이 그 주인공이었다.

일백여 명의 후방 분대를 책임지는 백림(伯臨)은 실세들 앞에서 고개를 조아리며 말을 이었다.

이해할 수 없게도 그의 온몸은 상처투성이였다.

"후미를 쫓던 열넷의 분대가 궤멸되었습니다. 도합 일천오백의 전사자가 발생했습니다."

"!!"

백림의 말에 자리를 지키고 있던 실세들은 놀라는 표정이 되었다.

모두를 대신해서 의영 진인은 반문했다.

“사실인가?”

“잠룡문도들의 매복이 있었습니다. 더 이상의 전진은 멈추어 주십시오. 계속해서 전진한다면 진정 잠룡문도들이 원하는 상황을 자청하게 되는 것입니다.”

사실 백림은 석충현으로 급작스럽게 돌격 명령을 내렸을 때 위 같은 상황을 이미 염려하고 있었다.

전투에 감정을 섞는 것은 지휘관으로서 그릇된 판단이었다.

다수와 다수가 맞붙는 전장에서 개개인의 무용은 큰 차이를 보이지만 그 이상이 될 수 없었다.

합격과 발 빠른 공수 조달로 승패가 갈리는 전장에서 개인 행동을 자처하는 것은 패배의 지름길이었다.

동열대의 양상이 그러했다.

감정에 취해 무작정 전진하는 동열대의 사정을 간파한 잠룡문도들은 전력을 나누어 일부는 전진을 유도하고, 실력의 차이로 늦어지는 후방 부대를 교란하며 급습하는 책략을 내놓은 것이었다.

“백림의 말에 일리가 있습니다.”

여전히 복수심에 활활 타오르는 제갈여명이었지만 모두를 대신해서 의견을 전달했다.

가진 내공의 차이가 현격히 드러나는, 낮은 등위에 있는 무사들의 피해가 당연시될 수밖에 없었지만, 슬프고 아까운 손실이었다.

피해를 최소하는 데 초점을 두어야 했다.

그들 한 명 한 명이 모여 동열대를 형성하는 것이었으니까 말이다.

제갈여명은 조심스러운 얼굴이 되었다.

"제 생각은 조금 다릅니다."

여전히 정면을 바라보고 있던 남궁천은 입을 열었다.

"저들 역시 자신들의 경공법에 지나친 자만을 하고 있습니다. 처음에는 따라잡힐지 예상하지 못한 눈치인지 어젯밤 그들의 진영을 쳤을 당시 모두들 놀란 눈치였습니다. 그렇게 일백여 명에 달하는 잠룡문도들의 목을 즉참할 수 있었습니다. 지금도 꽁지가 빠지게 도주하는 실정이지만 결국 따라잡혀 모두들 우리의 강검에 목숨을 잃게 될 것입니다. 사흘, 아니 이틀이면 됩니다. 이 남궁천의 이름을 걸고 보장하겠습니다."

지나친 자신감이라 치부할 수 있는 말이었지만 남궁천의 말대로 의영 진인 역시 화들짝 놀라했던 잠룡문도들의 얼굴을 아직까지 기억하고 있었다.

못해도 한 번은 더 생각해봤다면 분명 결정을 달리 할 수 있었던 백림의 의견이었음에도 불구하고, 의영 진인은 남궁천의 말에 보다 무게를 실었다.

의영 진인은 각각 명령권을 쥔 두 명의 고수를 바라보며 눈 짓했다.

"일정 부분 백림 분대장의 말을 적극 수용하도록 하지요. 남호(嵐護)."

"위금성(位錦性)."

실세들의 부름에 명을 받은 존재들은 앞다투어 곁에 부복 했다.

그들 모두가 신뢰하는 실력있는 제자들이었고, 빼어난 통 솔력 또한 갖추고 있어 평소부터 신임하던 자들이었다.

제갈여명은 무언가 자신의 뜻과는 다른 실세들의 말에 표 정이 잠깐 굳어졌지만 이내 누군가를 불렀다.

"제갈성률."

제갈여명 옆에서 그를 보좌하고 있던 조금은 앳되어 보이 는 소협이 얼굴을 드러냈다. 제갈여명의 조카 제갈성률은 서 른의 나이에 걸맞지 않게 제법 걸출한 무공을 소유한 지략가 였다.

실세들 모두가 이같이 신임하는 부관들을 앞으로 부른 것 은 다름 아니라 후방을 지원하기 위해서였다.

하나도 아닌 세 명이나 되는 젊은 무장들이 후방을 지킨다 면 무의미한 손실이 다시는 재발하지 않을 것이라는 예상하에 결정된 사항이었다.

"후미를 맡아라. 의미없는 손실은 용서치 않을 것이야. 부디 동열대와 어울리는 결과를 가져와야 할 것이다."

의영 진인이 모두를 대신해 명령을 내렸다.

잔뜩 긴장한 눈초리로 포권을 쥔 그들은 미심쩍은 얼굴로 앞장서는 백림의 뒤를 쫓았다.

이제야 마음이 놓였다는 듯이 고개를 끄덕인 의영 진인은 다시금 전방을 향해 읊조렸다.

"앞으로 이틀이다."

선봉부대를 쫓는 동열대의 후미는 잔뜩 긴장한 상태였다.

역시나 실세들의 믿음직스러운 심복이라는 것을 반증하듯 부대원들에게 현실성을 강조하며 군기에 바짝 신경을 쓴 듯했다.

일반적으로 인간이 두 가지 일에 모두 신경 쓰기란 쉽지 않은 법이었다.

추적이 다시 시작된 듯 전방은 빠른 속도로 나아가기 시작했다.

그러자 주변 경계와 빠른 이동을 해야 하는 부담감에 동열대의 후미는 심리적으로 크나큰 압박을 받았다.

의영 진인의 부름을 받고 후미의 지휘를 맡은 남호는 사실상 실력 면에서, 또 항렬에서도 가장 높은 서열에 있었다.

그렇기에 제갈성률과 위금성은 남호의 명령에 따라 자신의 의견을 조율하며 대원들에게 행동 지침을 전달하고 있었다.

"응?"

역시 긴장한 채 전후방을 주시하고 있던 남호는 이상한 느낌을 받았다.

빠르게 전진하던 중앙의 전력이 미세하게 느려졌기 때문이다.

크게 신경 쓸 정도는 아니었기에 별다른 명령은 하지 않았다.

하지만 잠시 후 비명소리가 중앙 지역에서 들려왔다.

"적이다!"

누군가의 외침에는 공포가 가득 묻어 나왔다.

거친 기합을 내뱉으며 중앙 쪽으로 뛰어간 남호는 당황할 수밖에 없었다.

측면 부분에 매복을 감행했을 거라 생각했던 잠룡문도는 놀랍게도 전방에서 진법을 형성한 채 압박해오고 있었다.

"선진은, 선진은! 어디로 갔다는 말인가?"

남호는 믿을 수 없다는 듯이 다시금 눈에 내력을 얹어 가장 앞을 바라보았지만 구름처럼 몰려든 청의인들만이 시야를 가릴 뿐이었다.

동열대가 세 군데로 나뉜, 말도 안 되는 상황이 벌어진 것이었다.

푸수수숙—

기세가 오른 듯 폭포처럼 몰려오는 청의인 한 명을 힘겹게 제압하며 남호는 상황을 정리했다.

"이 속도! 결국 이 속도 때문이다!"

경공은 개개인의 무공 수위에 따라 속도가 엄연히 정해져 있는 법,

처음에는 그 간격이 촘촘했을지 몰라도 시간이 흐를수록 점차 앞뒤가 벌어졌기에 이러한 일이 일어났다고 유추할 수 있었다.

동시에 후방에 무게 중심을 실은 의영 진인의 선택이 이번 전투에 있어 더욱 불리한 조건으로 다가왔다.

"소협."

당황한 기색을 지우지 못한 제갈성률은 다급하게 남호의 말에 대답했다.

남호의 외침에 제갈성률은 물론 위금성 역시 애써 침착한 표정을 유지한 채 명령을 기다렸다.

"위 소협에게 후방 전력 절반에 해당하는 대원들의 지휘권을 일임하오. 이곳 직선 대열을 이탈하여 최대한 빨리 앞쪽에

있는 대주께 상황을 보고하시오.”

위금성은 짧게 포권을 지으며 등 뒤에 있는 몇몇의 제자들에게 눈짓했다.

그동안의 훈련량을 반증하듯 일단의 무리가 위금성의 뒤를 반사적으로 쫓았다.

“제갈 소협은 저와 함께 중앙으로 갑시다.”

남호의 말에는 힘이 빠져 있었다.

전방과 후방에만 신경을 쓴 덕분에 중앙 지역을 총괄하는 지휘관의 비율은 안타까울 정도로 적었다.

뿔뿔이 대오를 잃고 흩어지는 대원들의 모습을 바라보며 힘이 빠졌지만 내심 이같은 책략을 구상해낸 적의 수장이 궁금해졌다.

“감정을 이용한 계략이라…….”

남호 역시 운선 도인의 처참한 최후를 바라보면서 형용할 수 없는 분노를 느끼는 상태였었다.

동열대주와 그 실세들의 감정 상태를 이용해 이성을 마비시킨 후 천천히 이 작전을 실행에 옮겼다는 것.

첫 번째 교전을 통해 후미를 공격하고 두 번째 공격은 후미의 관심을 가진 동열대의 생각을 이용해 전후방 사이의 거리가 생긴 중앙을 침범, 유기적인 공격을 통해 동열대의 붕괴를 이끌어내는 책략.

남호는 실로 감탄할 수밖에 없었지만 싸늘히 웃었다.

위금성의 경공은 동열대내에서도 최고였다.

잠시 분리된 선진의 전력이 다시 되돌아온다면 오히려 잠룡문도는 전후방 합공에 자멸할 공산이 컸다.

"남 공!"

남호의 생각은 오래 이어지지 못했다.

경악에 찬 제갈성률의 외침이 등 뒤에서 들려왔기 때문이었다.

"적입니다. 적이 후미에서 나타났습니다!"

"말도 안됩니다. 그렇다면 적이 세 대대로 나뉘었다는 말입니까!?"

그야말로 믿을 수 없는 제갈성률의 외침이었다.

하지만 가능성이 전혀 없는 말은 아니었다.

의영 진인을 필두로 한 선진을 유도하는 유인조와 첫 번째 전투를 통해 후미 일천오백 명의 사상자를 낸 매복조, 그리고 지금의 두 번째 전투를 통해 쌍방을 포위한 것이 적의 진정한 본대가 된다면…….

"이틀……."

어쩌면 남궁천이 말했던, 잠룡문도의 궤멸에 필요한 이틀이라는 시간의 주인공은 동열대가 되지 않을까라는, 상상조차 하기 힘든 생각이 들었다.

남호의 생각은 끝까지 이어지지 않았다.

전방에서 누군가가 남호와 제갈성률을 향해 질풍과도 같이 빠른 경공으로 다가왔기 때문이었다.

第五章
패배의 끝

곤룡기신

새 옷이라 해도 믿을 정도의 하늘하늘한 도포자락을 펄럭
이며 수백 명의 청의인이 모습을 드러낸다.

셀 수 없이 몸에 새겨진 생채기들과 넝마가 되어버린 복식
의 동열대원들의 모습과는 큰 차이를 보이는 잠룡문도들의
모습이다.

수천 명이 한자리에 모여 있는 허창현의 전경은 을씨년스
러웠다.

여남현에서 허창현까지를 이틀만에 주파했다는 역사적 사
실을 만든 동열대였지만 그 모습은 처량함 그 자체였다.

전후방, 양옆 할 것 없이 잠룡문도들에 의해 포위당한 동열대의 숫자는 반 토막이 난 상태였다.

그나마 남아 있는 사천여 명의 무사 중 전력에 보탬이 될 수 있을만한 이들은 절반이 채 되지 않았다.

단 두 번의 전투가 치러졌을 뿐인데 그 결과는 참담했다.

후방 지원을 맡았던 신뢰할 수 있는 심복들 전원이 목숨을 잃었다.

더불어 제갈성률이 전사했다는 소식이 제갈여명에게 전해지기가 무섭게 의영 진인과 남궁천과의 갈등을 만들었다.

백림과 자신의 말을 새겨들었다면 상황이 이처럼 극단적으로 몰리지 않았을 거라 제갈여명은 강력하게 반발하고 있는 상태였다.

하지만 이렇게 사방이 고립된 상태에는 모두의 힘이 한결같이 필요했다.

"어리석은 그대들의 판단이 수천여 명 젊은 인재의 목숨을 사지에 던져 넣었어."

냉랭한 어투로 의영 진인을 향해 누군가가 말했다.

큰 키와 절도있는 동작, 그리고 어전검대를 상징하는 표식을 확인했을 때 그의 존재를 쉽게 알아차릴 수 있었다.

의영 진인은 말라비틀어진 입술을 피가 나도록 깨물며 당장에라도 하우극에게 다가갈 것 같이 으르렁거렸다.

"네놈! 절대 이곳에서 살아남지 못할 것이다!"

의영 진인의 말에 하우극은 조소했다.

"명백한 참패를 부정하는 건가? 살아남지 못하는 쪽은 내가 아니라 그대다."

확실하게 깔아내리는 하우극의 냉랭한 말에 의영 진인은 움켜쥔 검을 곧추세우며 공격 자세를 취했다.

"대인!"

제갈여명은 다급히 그의 앞을 막아섰다.

"아직까지 모르시는 겁니까? 생각없이 공격을 감행한다는 것은 저들이 원하는 최고의 어리석은 판단입니다."

"……."

"부디 이성을 찾으시지요. 그렇지 않다면 가만히 지켜보지만은 않을 것입니다."

제갈여명의 눈동자는 흔들리고 있었다.

사실상 제갈성률의 죽음이란 믿을 수 없는 결과를 접해 가장 이성을 잃을 수밖에 없는 그였다.

하지만 그는 생각의 생각을 거듭하여 가장 냉정하게 현실을 직시하고 있었다.

지난 두 번의 전투는 이성을 잃었기에 참패할 수밖에 없었다.

'마지막이다.'

　전장을 내려다보고 있던 하우극은 냉정하게 상황을 관찰했다.

　제갈여명의 말마따나 의영 진인이 이성을 잃고 감정적으로 한차례 더 공격을 감행했다면 더할 나위 없이 쉬운 싸움이 되었겠지만, 만약 그렇지 않다면 계략의 전면적인 수정이 필요했다.

　'승리는 장담할 수 있어도, 피해를 최소화시킬 수 있는 방법이 당장은 없다.'

　하우극은 생각했다.

　운선 도인의 비참한 최후를 보고 약속이라도 한 듯 동열대의 추격전은 시작되었다.

　하지만 하우극은 전혀 전선에 영향을 주지 않는 바깥에서 세 번째 전투가 벌어질 때만을 기다렸던 것이었다.

　세 번째 전투를 승리하기 위해서는 앞선 두 차례의 전투를 승리해야만 한다는 전제 조건이 붙었고, 성공했다.

　엄청난 내공의 소모가 예상되는 섬뢰제룡검의 시전 여파로 고갈되었던 내공은 이들의 연공 덕분에 원래대로 돌아왔다.

　싸움을 이행하기에 최적의 상태임은 분명했지만, 일 대 다수의 싸움, 즉 당장 의영 진인과 남궁천, 제갈여명이라는 세 명의 고수를 상대하기에는 하우극으로서도 무리가 따랐다.

당장 의영 진인만 하더라도 자신보다 한 수 위에 있다고 알려진 상태였기에 조심함은 더 했다.

'의영 진인, 남궁천······.'

당장에라도 으르렁거리며 달려들 것만 같은 의영 진인과 남궁천.

그와는 상반되게도 자신의 소신을 지키는 제갈여명의 모습이 하우극은 자꾸만 거슬렸다.

하지만 이 모든 상황을 예상했던 하우극이었다.

철두철미하게 책략을 만들었고, 그 끝은 분명 동열대의 궤멸일 것이다.

하우극은 자신의 뒤에서 시립하고 있던 제자에게 눈짓했다.

이내 그는 손에 무언가를 들고 하우극에게 가져갔다.

머리.

운선 도인의 상태와도 같이 역시나 두 눈을 빼앗긴 잔인한 모습을 하고 있는 누군가의 머리.

제갈성률의 머리였다.

하우극은 한 발자국 두 발자국 앞으로 나서면서 동열대의 시선을 끌었다.

한 손에는 자신의 상징인 적월검을 늘어뜨린 채, 또 나머지 한 손은 제갈성률의 안면을 강하게 움켜잡은 채.

"네놈!"

잠잠히 사태를 방관하던 제갈여명의 두 동공이 잔뜩 충혈된 모습이 보였다.

하우극은 냉소하며 한쪽 손에 공력을 불어넣었다.

펴엉—

공력의 폭발에 제갈성률의 머리가 산산조각 나며 사방으로 튀었다.

이제 막 사그러들던 동열대의 불씨에 다시금 기름을 부어넣는 꼴이었다.

반응은 반사적으로 이어졌다.

"냉유성! 조위!"

하남장로 율거 도인의 직계제자로 그 실력이 파다했던 냉유성은 얼마 전부터 어전검대의 대원으로 편입된 상태였다.

자신을 제외하곤 가장 믿을 만한 두 존재를 부르며 하우극은 눈짓했다.

이내 폭풍처럼 다가서는 세 명의 고수와 하우극을 필두로 한 세 명의 어전검대원이 마주쳤다.

쩌어어엉—

제왕검형의 절대적 검공인 활엽쟁천검(豁燁爭穿劍)이 남궁천의 손끝에서 앞을 막아선 냉유성에게 시전되었다.

허공을 발기발기 찢는 섭선의 일형섭공(壹刑攝功)이 조위의 적월검을 끌어당기며 뇌전을 불러일으켰다.

들고 있는 적월검으로 크게 원을 그리며 금방이라도 의영 진인에게 달려갈 자세를 취했던 하우극은 의영 진인의 공격을 기다렸다.

무당극관성(武當劇觀成) 팔괘마검(八掛魔劍)이 거침없이 시전되며 하우극이 있는 곳으로 날아갔다.

의심할 필요가 없는, 영락없는 최고의 초식들이 작렬하며 전장을 어지럽혔다.

하우극은 혼신의 힘을 다해 내력을 끌어올렸다.

유령의 움직임이라고 착각할 만한 잠룡보법 최고의 경공인 잠령보(潛靈步)가 시전되며 허공에 잔상을 그렸다.

애써 축적했던 내공 중 절반이 소멸되는 무리수였지만 하우극은 전혀 아깝지 않다는 듯 방향을 틀었다.

파스스스스—

"협."

하우극은 순식간에 방향을 틀어 남궁천의 급소를 향해 쾌자결과 화무총련을 시전했다.

오랜 시간 경공을 사용해 내력이 여유롭지 못하던 남궁천은 허우적거리며 하우극의 일격필살을 간신히 피해냈다.

하지만 냉유성의 일격은 그대로 허용할 수밖에 없었다.

"비겁한……!"

남궁천은 신음을 흘렸다.

오른쪽 배를 관통하는 냉유성의 적월검을 바라보며 표정을 굳힌 남궁천은 남은 힘을 이용해 그의 검병을 강하게 내려쳤다.

그대로 동강 난 냉유성의 적월검을 뽑아낼 생각은 하지 못했다.

깊이를 보아 치명상의 타격이었기 때문이다.

평상시의 남궁천이었다면 절대 허용치 않았을 합격이었지만, 지금 남궁천의 상태는 오랜 시간 추적을 이행해왔기에 정상이 아니었다.

한쪽 무릎을 꿇은 남궁천을 하우극은 그대로 외면했다.

치명상을 입은 남궁천은 냉유성의 상대조차 되지 못할 것이라고 장담하며 의영 진인에게 다시금 정신을 집중했다.

"그대도 비겁하다고 이야기하고 싶은 건가?"

의영 진인은 분을 참지 못하는 듯이 하우극에게 반사적으로 공격을 시작했다.

이성을 잃은 존재의 공격을 막아내는 것은 어렵지 않은 일이다.

조금만 집중한다면 상대의 다음 공격을 예측할 수 있는 법.

하우극은 의영 진인이 자신의 실력을 십분 발휘하지 못하는 것이라 판단하며 내공을 끌어올렸다.

'도대체 어디서부터 잘못되고 있는 건가……'

의영 진인은 탄식했다.

공격을 감행하는 족족 차단당하는 예상치 못한 광경에 무기력증이 엄습했다.

하지만 싸움을 포기할 수 없는 법, 자신의 손에 동열대의 존폐가 달려 있었다.

단전에 모여 있는 내력을 다시금 주천시켰다.

쉬지 않고 시전했던 연공을 통해 단련된 축기(畜氣)들이 손끝에 모여들고 있었다.

점점 힘은 빠져가고 있었다. 하우극 역시 그것을 인지한 듯 매 공격에 신중함이 묻어났다.

그의 목숨을 취할 수 있을 거라는 장담은 할 수 없었지만 그와의 싸움을 승리로 장식해야지만 이 상황에서 벗어날 수 있다.

　─무당검 철겸귀척(鐵鎌鬼拓).

의영 진인이 시전할 수 있는 최고의 검법이 발현되었다.

하우극의 목숨을 위협할 만한 절대 검법이 곧장 펼쳐지며 허공을 그었다.

"!!"

의영 진인은 잊을 수 없었다.

마지막에 보인 하우극의 여유, 그리고 냉랭하기만 한 조소.

공격은 그렇게 빗나갔다.

고통에 의한 신음소리밖에 들리지 않았다.

누구라도 하나같이 몸 한군데에 치명상을 입은 처참한 관경.

세 번째 전투에서 겨우 목숨을 건진 동열대 무사들의 숫자라곤 고작 이천여 명이 채 되지 않았다.

팔천이라는 압도적인 숫자에서 이천 명으로 줄어든 참혹한 결과, 그 중 절반은 병기조차 휘두르기 힘든 상태였다.

의영 진인은 복부를 가로지르는 검상을 애써 외면했지만, 지혈할 수 없는 출혈이 계속되고 있었기에 잔뜩 표정을 구길 수밖에 없었다.

'이렇게까지 후회스러울 수가 없구나.'

의영 진인은 탄식했다.

그토록 전진을 고집했던 이유는 압도적인 숫자, 그리고 실력 면에서도 동열대가 훨씬 앞서고 있다는 생각 때문이었다.

하지만 거듭되는 하우극의 계략에 의해 그 사실은 철저히 무시되었고 참패라는 결과만을 낳았다.

겨우 참사에서 도주했다고는 하지만 입은 피해는 상상을

초월했다.

그마저도 남궁천이 목숨을 건 동귀어진으로 퇴로를 만들지 않았다면 남은 동열대 무사들의 목숨도 보장할 수 없었다.

"대주님, 적입니다!"

필사적으로 도망쳐 한시름 놓았다고 생각했거늘 후방을 돌보고 있던 한 제자의 말에 의영 진인은 표정을 굳혔다.

그의 옆에 있던 제갈여명은 담담히 병장기를 수직으로 세우며 상황을 받아들일 뿐이었다.

전투는 일방적이었다.

남은 잔존 동열대를 동그랗게 포위한 잠룡문도들은 나직이 조소했다.

"그대들의 패배이오."

전투를 지속할 수 있는 무사들, 그마저도 병기를 잃고 목숨을 잃었다.

적월검을 빙빙 돌린 채로 승리의 기분을 만끽하고 있던 하우극은 읊조렸다.

그 역시 이렇게까지 대승하리라고는 생각지 못한 듯했다.

"죽어라!"

하지만 의영 진인과 제갈여명은 패배의 결과를 쉽사리 받아들이지 못했다.

그들은 부상당한 몸을 이끌고 땅을 차며 하우극에게 다가갔다.

잠룡문도의 추악함에 끝까지 적대 의사를 보여왔던 다른 동열대원 역시 다시금 함성을 내지르며 맞붙었다.

잔뜩 지쳐 있는 의영 진인은 처음의 상태와는 달리 처량했다.

내려치는 검의 파괴력은 절반에 미치지도 못했고, 그에 따른 속도 또한 현저하게 느렸다.

무리하게 내력을 끌어올려 초식을 시전하려는 의영 진인의 모습을 간파한 하우극은 되려 거리를 좁히며 의영 진인의 턱 앞까지 침투했다.

그는 갑작스러운 움직임에 허우적거리는 의영 진인의 검을 봉쇄하며 강한 일장을 가슴팍에 꽂아 넣었다.

퍼엉—

다섯 손가락 마디마디에 잠홍내뢰수의 위용이 담긴 일장이었다.

내장의 파열은 물론이거니와 침투한 내력은 세포 하나하나를 남김없이 터뜨리며 형용할 수 없는 고통을 선사할 것이었다.

"이이이이이!"

하우극은 의영 진인의 정신력에 감탄할 수밖에 없었다.

무너졌어도 벌써 무너졌어야 정상인데 심력 하나만을 의

지해 계속해서 맞서 싸우는 그의 모습은 적이었지만 감탄할 수밖에 없었다.

하지만 하우극은 생각을 달리했다.

길어지는 싸움을 한시라도 빨리 끝내야만 다음 책략을 짜는 데 있어 시간을 낭비하지 않을 수 있었다.

하우극은 연환 공격을 준비하며 다시금 무모하게 달려드는 의영 진인의 턱에 각법을 차 올렸다.

빠각—

피가 분수처럼 튀며 의영 진인의 목이 기계적으로 꺾였다.

하우극은 쉬지 않고 내력이 담긴 일권을 의영 진인의 얼굴에 꽂아 넣었다.

"으으으……."

대무당파의 장문인의 모습이라고는 상상조차 할 수 없는 형편없는 참사가 이어졌다.

공격의 여파로 넉 장 이상 훨훨 날아간 의영 진인은 바닥에 처박혀 일어날 생각조차 못했다.

하우극은 주변을 돌아보았다.

원준과 백천후, 그리고 냉유성은 흡사 꼭두각시 인형놀이를 하듯 제갈여명을 철저히 망가뜨리고 있었다.

마무리를 해야 할 시간이다.

마지막 정신력을 짜내는 듯 기어이 일어나는 의영 진인의 앞으로 하우극은 다가갔다.

미증유의 힘이 다시금 하우극의 일장에 모여들었다.

하우극은 심도있는 눈초리로 의영 진인의 단전이 있는 곳으로 눈을 돌렸다.

무인으로서 감당할 수 없는 고통을 주겠다는 생각이었다.

그때였다.

두두두두—

사람의 움직임이라고는 상상조차 할 수 없는 인간의 형상이 하우극의 코앞까지 순식간에 당도했다.

비단 하우극에게만 국한된 것이 아니었다.

혼전 속에 승리의 기쁨을 만끽하던 실세들의 앞으로 엄청난 공격이 이어졌다.

하우극은 미처 끝까지 발검하지 못한 검집채로 다가서는 공격에 맞섰다.

꽈아앙—

일격이었지만 상대의 실력을 단번에 간파할 수 있는 엄청난 공격이었다.

설사 혼신의 힘을 다해 싸울지라도 승부를 장담할 수 없는 호각의 상대.

"누구냐, 넌."

상대는 대답 대신 검무를 췄다.

유기적으로 이어지는 깔끔한 춤사위, 그 사이에서 찾을 수 있는 패도.

그리고 곤륜파의 상징 낙화검.

하우극의 표정이 굳어지는 것은 순식간이었다.

"무림공적 곤륜파……?"

하우극의 말이 떨어지기가 무섭게 이름 모를 곤륜도인의 엄청난 초식이 한 마리의 용이 되어 그에게 공격을 감행했다.

＊　　　＊　　　＊

화산의 미영(美英)이라는 존재에 대해 들어보지 못한 자는 아마 없을 것이었다.

아름다울 미, 꽃 영 자를 써 미영.

모르는 사람이 위 같은 이름을 처음 접하여 성별을 구분해 보라는 물음을 받는다면 주저없이 여인의 것이 아닐까 라고 대답할 것이다.

하지만 미영이라는 이름을 사용하는 존재는 다름 아닌 남자였다.

중원 각지에서 소문난 미랑들이 모여든다는 낙양의 남홍루 화남전(花男殿) 전주의 뺨을 때리고도 또 재차 때릴 수 있다는 외모를 소유한 미영.

그는 무인의 길을 걷지 않았다면 지금쯤 경천동지할 미모를 바탕으로 수많은 여인들을 구워삶지 않았을까 예견할 수 있는 미인이었다.

그는 탁상 임무를 하나둘씩 끝내며 업무를 정리하고 있었다.

사실 업무라고 할 것도 없었다.

천성이 게으른 것은 아니었다. 하지만 전형적인 무인의 성격인 미영이 필서를 제작, 전달하는 전홍단(傳弘團)의 단주에 올랐으니 사실상 전홍단의 다사는 책상에 어울리지 않은 미영보다는 꼼꼼한 성격의 부대주가 총괄하는 상태였다.

때는 정오였다.

아래층에서 집무를 보던 단원이 품에 필서를 안은 채 대주와 부대주가 기거하는 방안으로 들어왔다.

"낙안전(洛安殿)으로 인도될 필서가 모두 완성되었습니다. 이번 월례 회의에 있을 저희 부대의 지적사항과 달포 내에 있을 추가 결산란까지 모두 구비가 된 상태입니다."

"시간 때우고 있을 단원 한 명 시켜서 가능한 한 빨리 전하도록 해."

부대주 명사욱은 전홍단 인장을 찍어주며 말했다.

짧게 예를 취한 단원이 바깥으로 나설 찰나였다.

"규명."

“예?”

빠른 발걸음으로 나가려던 규명은 갑작스레 이어진 미영의 말에 뒤를 돌아보았다.

“내가 가도록 하지.”

규명은 물론 업무에 집중하고 있던 명사욱까지 하던 일을 중단하며 미영을 바라보았다.

전혀 예상치 못한 말이었기 때문이었다.

“그럼 갔다 오겠네.”

미영은 어리둥절한 표정을 지은 채 굳어 있던 규명의 품에서 필서 더미를 가로채며 바깥으로 나갔다.

꾀만 부리던 미영이 무슨 바람이 들었는지 몰랐지만 명사욱은 고개를 몇 차례 갸우뚱거리며 다시금 업무에 집중할 뿐이었다.

낙안전은 화산파 내에서 가장 규모가 크고 인원의 편성 비율이 높다 알려진 전대였다.

입산하여 처음으로 승급시험을 통과한 제자들에게만 주어지는 평무사.

그 영광스러운 칭호를 전달받은 존재들만이 들어설 수 있는 명예로운 곳이기 때문이었다.

“지루하군……”

한 손의 악력으로만 필서 더미를 쥔 채, 또 다른 한 손은 뒷짐을 쥔 미영은 낙안전으로 발걸음을 옮기며 중얼거렸다.

사실 미영이 자청하여 낙안전으로 향하는 것은 지루함 때문이었다.

그는은 한숨을 내쉬었다.

수심에 잠겨 있는 모습. 사실상 그가 그토록 무료함을 느끼는 이유는 다름 아닌 무인으로서의 한계에 부딪혀 있었기 때문이었다.

"절정이라……."

미영은 왼손을 뻗어 하늘에 가져갔다.

새 떼에서 떨어진 한 마리의 새가 외로이 공중을 날아가는 것이 보였다.

그 처량한 신세가 자신과 흡사했다.

미영의 올해 나이, 어느덧 스물넷이었다.

늦으면 늦었다고 이야기할 수 있는 나이였지만 무인으로서의 성장은 아직까지 무궁무진하다 자신을 독려하고 있었다.

곱상하게 생긴 외모와 자기중심적인 성격 때문에 오래 전부터 어처구니없는 고정관념을 사고 동료들에게 따돌림을 당해, 그로 인해 상처를 받아왔던 미영이었다.

그렇기에 더욱 더 노력했고 열여섯 살 전에 일류의 극에 다

다르며 몇몇 장로들에 눈에 띌 수 있었다.

벌모세수와 비급의 전달이 없음에도 불구하고 일취월장했으니 어쩌면 당연하다 볼 수 있었다.

끝을 짐작할 수 없을 만큼 성장이 계속되었지만 미영의 한계는 염려한 대로 일찍 찾아왔다.

일류의 한계에 포박당한 채 아직까지 벽을 허물지 못하고 있었기 때문이었다.

약관에 이르지 않은 나이에 절정에 올라 후기지수들만이 입단할 수 있다는 매화단에 들어 영광스러운 매화검수의 칭호를 받고 싶었다.

하지만…….

"하하… 퇴물 주제에 꿈이란 사치지…….."

미영은 혼잣말을 끝으로 낙안전에 다다랐다.

강한 기합 소리와 바람 소리가 일제히 일었다.

건평 일이천여 평에 이르는 장원 위에 백색의 연무복을 입은 수많은 평무사들이 모습을 드러내고 있었다.

불과 얼마 전까지만 해도 미영 역시 장로들의 지휘 아래 자랑스러운 평검수로서 학습을 했고, 또 무공을 연마해왔다.

물론 평상시대로 흘러가는 나날이었다면 일류를 넘어서기 위해 앞으로 일이 년 더 마지막 도움닫기를 펼칠 수 있었을 것이었다.

하지만 그 모든 꿈도 물거품이 되었고, 가장 큰 이유는 잠룡문과의 전면전이 벌어졌기 때문이었다.

어쩌면 강호 내 모든 정파의 존폐를 결정지을 전면전이 발발했고, 그탓에 문파의 실질적인 실세라 할 수 있는 장로들과 매화검수들이 일찍이 선진으로 진출했다.

미영은 손을 불끈 쥐었다.

너무나도 아쉬움이 남았다.

조금만 더 강했더라면, 조금만 더 기회가 주어졌더라면 자신 역시 자랑스러운 화산파의 제자로 잠룡문과 싸울 기회를 얻을 수 있었을 텐데…….

"미 단주 아닌가?"

미영의 생각은 오래 지속되지 않았다.

누군가가 다가오며 인기척을 냈다.

미영은 짧게 예를 취하며 상대를 올려다보았다.

"명 전주님."

다부진 무골을 한 전형적인 검수의 외양을 가지고 있는 존재.

그의 이름은 명원신.

약 일 년 전에 일류를 허물고 절정에 오른 스물다섯의 젊은 신예였다.

미영과 나이 차이는 별로 나지 않았지만, 엄연히 항렬이 달랐기에 미영이 그를 대하는 태도도 달랐다.

그 역시 문파의 부름을 받아 곧 잠룡문과 전투가 벌어지고 있는 서종대로 파견될 것이라는 소문이 돌고 있었다.

미영의 얼굴에서는 부러움이 일었다.

명원신은 나직이 미영을 바라보았다.

"여전하군."

일반적으로 정체된 무위에서 끊임없이 노력하는 자세는 쉽지 않은 법이었다.

수련을 통해 깨달음을 얻는 것.

그것만이 새로운 대성의 경지로 이끄느냐, 못 이끄느냐의 차이였기 때문이었다.

명원신 역시 십 년 이상을 정체한 과거가 있었고, 벽을 허무는 것은 결코 수련양에 비례하지 않는다고 강하게 장담하고 있었다.

그런 의미에서 수련마저 포기한 채 자포자기한 미영의 모습이 같은 길을 걸어왔던 선배 도사로서 안타까울 뿐이었다.

"오는 보름에 상수관(上收館)이 열린다고 하더구나."

"상수관이 말입니까?"

시종일관 무덤덤한 반응을 보이던 미영은 갑작스런 명원신의 말에 화들짝 놀라며 반응했다.

상수관, 그곳은 앞으로의 성장 가능성이 농후하며 그 실력을 인정받은 소수의 제자들에게만 입관이 허락된 화산파 최대의 수련 지대 중 하나였다.

폐관수련을 최고의 지원 아래 할 수 있기에 모든 제자들이 노리고 있는 자리이기도 했다.

잠시 얼굴에 화색이 돌았던 미영의 표정은 다시금 굳었다.

상수관은 말 그대로 문파에서 가장 가능성이 많은 후기지수들에게나 허락된 공간이었다.

입관 평균 나이를 일찍이 지난 미영이 자라나는 차기 후기지수들을 밀어내고 상수관에 입관할 가능성은 없다고 보아도 무방했다.

하지만 곧 미영은 금세 의아한 표정이 되었다.

"알려진 바로는 상수관을 집관할 장로님들이 모두 출타하신 걸로 압니다만?"

문파의 존폐 여부를 결정하는 잠룡문과의 혈쟁으로 인해 제자 양성에 힘쓸 장로는 모두 서종대로 파견되었다.

"이번 상수관의 개관 목적은 단순히 폐관수련을 위한 것이 아닌, 소집이라 보아도 무방하다."

"소집이라면……."

"서종대로의 추가 파견이 그 이유다."

미영의 두 동공이 걷잡을 수 없을 정도로 크게 확대되었다.

현재 그의 필생의 목표라 할 수 있는 사안이 언급되었기 때문이었다.

"소집될 인원은 총 서른 명 내외다. 그들은 앞으로 있을 상수관에서 화산의 절대적 비기를 속성 수련하게 될 것이다. 예정된 기간은 총 한 달. 영광스럽게도 일대제자 철영 검인께서 직접 모든 집관에 참관하실 것이며 제자들을 지도하여 주실 것이다."

"……!"

미영은 자신도 모르게 두 손을 불끈 쥐었다.

일대제자 철영 검인, 그가 지도한다면 절정의 경지는 이미 따 놓은 당상이라 볼 수 있었다.

문제는 소집까지의 과정이었다.

일반적으로 문파 내 수십여 개의 하위 무관이 상수관 입관을 위해 불철주야 수련을 반복하고 있을 터였다.

"낙안전과 매화예선단 오령대는 물론 문파 내 매화검수 예하 모든 단원에 참가할 자격이 주어진다."

미영의 궁금증을 풀어주는 한마디였다.

사실상 절정 검수를 향하는 길목에 있는 모든 제자들이 상수관의 입관 절차를 밟는다는 이야기였다.

미영은 두 손을 불끈 쥐었다.

비록 근래에 들어 그 수련의 양이 줄어들었다 한들 화산의 소속된 일류 검수들 중 최고를 꼽으라 한다면 자신이라고 장담할 수 있었다.

　한담이 길어지고 어느덧 낙안전의 무사들이 수련을 하는 지척에까지 두 사람은 가까워졌다.

　미영의 얼굴에서 잃어버렸던 열정을 발견한 명원신은 무표정으로 말을 이었다.

　"하나 자네의 소속은 엄연히 전홍단에 있어. 필사를 담당하는 문관은 상수관에 지원할 수 없지. 도전 의사를 확정한다면 다시 낙안전으로 올 생각을 해야 할 걸세."

　명원신의 말이 이어졌어도 미영은 반응없이 어딘가를 응시하고 있었다.

　"언제부터 낙안전에 여검수가 있었습니까?"

　명여신은 미영의 시선이 꽂혀 있는 곳으로 눈을 돌렸다.

　긴 머리를 위로 고정한 채 다른 전원들과 함께 구슬땀을 흘리는 여검수가 그곳에 있었다.

　무학의 증진에는 성별 구분이 없다고 하지만, 선천적으로 신체 능력이 떨어지는 여검수들은 평가 절하되는 것이 일반적이라고 할 수 있었다.

　거듭되는 편견을 뚫고 영광스러운 매화검수에 오른 여검수들은 많았지만 그것이 한계였다.

　그녀의 등장은 의외였지만 미영은 씁쓸한 미소로 그녀를 바라보았다.

낙안전은 화산파 안에서 그 편성 비율이 가장 높은 집단이었고, 미영 역시 절정에 오르기 위해 숱한 고난과 경험을 이곳에서 보내왔다.

그녀에게도 고난은 자연스레 찾아올 것이다.

"어 사매를 말하는 듯 보이군."

미영의 시선은 다시금 명영신에게로 향했다.

하지만 그의 관심은 여전히 여제자에게 가 있었다.

낙안전은 일류에 올라 절정을 바라보는 제자들만 등단할 수 있는 영광스러운 자리였다.

그런 자리에 여검수가 있다는 사실만으로도 미영에게 자극을 주고 있었다.

"어 사매요……?"

"작년하고도 조금 더 지났겠지, 고작 삼재검법을 초성한 무위로 그녀가 화산에 문을 두드린 것이."

명영신은 과거를 상기했다.

"그녀의 실력이 그리 일취월장할 것이라고는 상상도 하지 못했다지……"

명원신의 말에 의하면 그녀는 일 년이라는 짧은 시간 안에 일류의 벽을 허물은 인재라고 했다.

"무엇이 그렇게 당신을 채찍질하는 겁니까?"

미영은 낙안전의 연무장이 훤히 내려다보이는 지붕 위에서 혼잣말로 중얼거렸다.

공식적인 수련 시간이 끝나고 텅빈 장원에서 홀로 검을 쥔 채 구슬땀을 흘리고 있는 여검수.

미영은 어느새 그녀에게 관심을 보이고 있었다.

그는 무의식적으로 지붕에서 내려서며 조금 더 가까이 그녀가 보이는 곳으로 자리를 옮겼다.

무의미하게 내공 소모가 있는 초식을 남발하지 않고, 그녀는 베고 찌르기 같은 기초 검법부터 시전할 수 있는 최고의 초식까지 빈틈없이 수련을 반복하고 있었다.

은연 중 미영은 어느덧 그녀가 인지할 수 있을 만큼 가까운 거리에서 그녀의 수련을 홀린 듯 바라보고 있었지만, 여검수는 여전히 수련에만 집중했다.

그렇게 한 시진 남짓 흘렀을까?

흘러내리는 땀방울을 닦으며 미영의 존재를 뒤늦게 눈치챈 듯이 여검수가 시선을 돌렸다. 그만큼 그녀는 수련에 집중하고 있었다.

"미영이라고 합니다."

"……."

흡사 인형과도 같이 감정이 없어 보이는 여검수의 얼굴이었다.

　빠르게 답변이 이어지지는 않았지만, 이내 그녀는 입꼬리를 살짝 올리며 대답했다.

"어윤서라고 합니다."

　그 짧은 대화가 이루어진 시간이 그녀에게는 휴식 시간이었다.

　곧바로 자세를 잡으며 수련을 재개하는 윤서의 모습에 미영은 묘한 이질감을 느낄 뿐이었다.

　호기심이라는 단어가 호감이라는 감정으로 바뀌는 데 걸린 시간은 이틀이 채 되지 않았다.

　곱상한 외모. 그를 뒷받침해줄 수 있는 아름다운 미성.

　누구에게도 지지 않을 자신이 있는 외모를 미영은 가지고 있었다.

　마음먹고 현혹한다면 모든 여자들의 옷고름을 풀 수 있을 정도의 능력을 가진 미영에게 관심을 보이지 않은 여인은 없었다.

　하지만 윤서는 그에 해당되지 않았다.

　같은 낙안전에 소속된 무사로 부딪치는 경우가 많았지만 흡사 없는 사람마냥 미영에게 별다른 관심을 보이지 않은 그녀였다.

　은근히 자신의 외모에 자신있던 미영에게 있어 그 반응은 조금 자존심이 상하는 부분이었다.

"비무를 신청해도 되겠습니까, 선배님?"

미영을 찾아온 윤서가 말했다.

느닷없는 비무 신청에 미영은 다소 뜬금없다는 반응을 보였지만 흔쾌히 승낙했다.

비무는 곧 시작되었다.

타아악, 탁―

오로지 검끝만을 바라본 채 비무에 집중하는 윤서의 모습에 미영은 다소 당황했다.

휘이이익, 쩌엉―

생각이 너무 많다보니 검의 중심을 노린 공격에 병기를 잃을 수밖에 없었던 것이다.

생각지도 못한 패배에 미영은 표정을 굳혔다.

"수고하셨습니다."

미영의 일방적인 승리로 예상했던 많은 전원들은 뜻밖에 패배에 놀란 반면 윤서에게 관심을 집중했다.

미영의 실력은 이미 오래 전부터 낙안전 내외로 알려진 상태였고, 그런 실력자가 입관한지 일 년밖에 되지 않은, 그것도 여검수에게 패배했다는 사실은 파장을 몰고 오기에 부족함이 없었다.

미영은 씁쓰름하게 웃으며 자신을 향해 중얼거렸다.

"어리석군, 무엇을 바라고 있는 것이냐 미영."

"어 사매는 왜 그렇게 강해지는 것에 집착하지?"

낙안전에 입관한 지 보름이라는 시간이 가까워지고 있었
다.

비무의 결과는 가진 실력에 안일했던 미영을 다시금 깨워
주는 계기가 되었고, 항상 수련장에는 미영과 윤서만이 늦게
까지 남았다.

수백 차례 반복하던 검을 내려놓으며 나름대로의 휴식을
하는 듯 멍하니 하늘을 바라보는 윤서의 옆에 앉아 미영은 물
었다.

"제게 있어 소중한 사람을 지키고 싶어서요."

윤서의 얼굴에 먹구름이 짙었다.

미영은 물었다.

"그런 소중한 사람이 있나 보지, 어 사매는?"

"있었죠……."

과거형의 말에는 안타까움이 묻어났다.

미영은 궁금한 표정을 지었다.

"지키지 못했다는 말로 들리는군."

"약했거든요."

"약했다라. 그게 여인에게 어울리는 말일까? 누군가를 지

킨다는 말은 남아들에게나 어울리는 게 아닐까?”

“그럴지도 모르죠. 하지만 또 다시 지키고 싶은 사람이 생기게 된다면, 그때는 놓치고 싶지 않아요.”

놓치고 싶지 않다라…….

미영은 다시금 질문했다.

“그렇다면 지금은 지킬 수 있는 실력을 갖게 되었나? 만약 지금의 네가 과거로 돌아간다면?”

윤서는 쓴웃음을 지었다.

“아뇨, 지금도 불가능할 거예요.”

“왜지?”

“아직 약하니까요.”

자랑스러운 화산의 일류 여검수가 지키지 못할 정도의 대상이라면 과연 누구일지 미영은 궁금해질 뿐이었다.

“그 대상은 죽었나……?”

순화시켜 말할 수 있었음에도 미영은 막연히 직설적인 어투로 질문했다.

윤서는 미영을 반사적으로 바라보며 쓴웃음을 지었다.

긍정도 부정도 담겨 있지 않은 미소에 미영은 표정을 굳혔다.

그녀는 다시금 일어나 연무장의 중심으로 향했다.

이후 고른 숨소리와 함께 이어지는 검과 바람의 공명음만이 들려왔다.

"서종대로 추가 편성될 자랑스러운 화산의 제자들을 호명하겠다. 호명하는 즉시 앞으로 나오도록."

기다리던 한 달의 시간이 흘렀다.

무림맹 연합의 개전 의사를 밝혔던 두 달 전 이후로는 수천여 명의 인원을 수용할 수 있는 대장원이 개원하는 경우는 없었다.

비어 있던 그곳에 오랜만에 후기지수를 자청하는 수천여 명 화산파의 제자가 모여 있었다.

미영은 절도있는 동작으로 앞에 나와 일장연설을 하는 철영 검인의 모습을 넌지시 바라보았다.

차기 장문인이 될 것이라고 평가받고 있는 철영 검인의 무공 수위는 무인으로서 황혼기를 맞고 있는, 저물어가는 태양, 제현 명인보다 앞섰다고 알려져 있었다.

철영 검인은 대장원에 모인 모두를 내려다보며 호명했다.

"낙안전의 미영."

서른 명이 모두 채워지는 가운데 미영의 이름 역시 호명되었다.

자연스럽게 앞에 나가 선 미영은 주변을 돌아보았다.

모두 다 어린 제자들, 하지만 실력만큼은 화산이 장담할 수 있는 후기지수들이었다.

무인으로서 마지막 기회를 얻게 되었기에 미영은 흥분한 표정을 감추지 않았다.

계속 호명하던 철영 검인의 얼굴에 이채가 어렸다.

담담한 표정으로 문서를 다시금 확인한 그는 말을 이었다.

"낙안전의 어윤서."

유일한 여검수의 이름이 호명되었지만 모두 납득할 수 있다는 얼굴이었다.

지난 한 달 간 윤서가 흘려온 땀방울을 상기하자면 당연한 결과.

윤서는 들뜬 기분이 된 듯 잔뜩 상기된 표정으로 앞으로 나왔다.

"너희들은 나와 함께 서종대로 간다. 문파, 아니 온 강호의 존폐가 달린 대사이니 모두들 신중하고 진지한 분위기로 파견을 받아드리길."

미영은 이때 윤서의 얼굴을 잊을 수 없었다.

잔뜩 상기된 채 앞날을 그리고 있는 그녀의 모습.

과연 그녀가 꿈꾸는 이상은 무엇일까, 문득 궁금해지는 미영이었다.

第六章
좌적검대 그리고 열혼랑

어진검의 죽음으로 삼문협 저지선에 파견되었던 잠룡문도들의 숫자는 반토막이 났다.

사기는 더 이상 내려갈 수 없을 정도로 추락한 상태였기에 상황은 더욱더 암담했다.

"틀렸습니다. 본산에서의 지원은 더 이상 없는 듯합니다."

좌적검대 부대주 여벽(勵碧)은 누군가를 바라보며 고개를 내저었다.

청량한 하늘을 바라본 채 뒷짐을 쥐고 사태를 여유롭게 방관하는 모습의 호남자.

좌적검대주이자 서종대에 맞서 싸우기 위해 파견된 잠룡문도 중 마지막으로 남은 지휘관이었다.

삼천의 전력이 남았다 하지만 전투가 일어났을 때마다 엄호를 맡았던 하위 대대들이 그 태반이었다.

실력 면에서 뒤떨어지는 것은 사실이었다.

때문에 상황은 낙관할 수 없을 정도로 심하게 악화되었지만 열혼랑은 마음을 가다듬기 위해 노력했다.

"결국 우리는 버리는 말이었구나……."

열혼랑은 그렇게 읊조렸다.

"그게……."

"오랫동안 고대하며 기다려왔던 상대와의 마지막 결전을 위해 본산 복귀를 늦추려는 속셈인가?"

열혼랑의 표정이 씁쓸해졌다.

유겸의 존재가 전대 무림맹주 심명 선인이라는 사실이 만천하에 공개된 만큼, 태신청검은 그토록 기다려왔던 상대와의 싸움을 기대했다.

당장에라도 유겸과의 싸움을 이행하려 이곳에 올 수도 있겠지만, 혈쟁 자체가 길어지는 것을 원치 않는 모양이었다.

"본산의 제자들이 대부분 어디로 파견된다고 했지?"

"듣는 바로는 일방대로라고 합니다."

여벽의 보고로 인해 더욱더 확실해졌다.

전체적 혈쟁의 양상은, 태신청검의 의도는 이러했다.

먼저 동열대를 궤멸시킨 이후 잠룡문의 총전력을 앞세워 무림맹의 마지막 희망인 서종대와의 결판을 짓는다.

서쪽에 남은 삼천의 전력은 동열대를 궤멸시키기 위한 발판, 즉 시간을 끌기 위한 용도 그 이상이 될 수 없었다.

"마지막이라는 건가?"

열혼랑은 쓴웃음을 지었다.

잠시 생각에 잠겼던 그는 여벽을 바라보며 물었다.

"이번 혈쟁의 승자가 누가 될 것이라 생각되는가, 여벽?"

여벽은 쉽사리 대답하지 못했다.

전대 무림맹주가 유겸이라는 것, 그리고 구파일방 오대세가의 주축 실세들이 서종대에 합류했다는 것.

인간은 당장 보이는 상황에 무게를 둔다고 했다.

그렇기에 여벽은 쉽사리 대답을 하지 못했다.

"잠룡문의 완승이 될 것이다."

머뭇거리는 여벽 대신 열혼랑이 나직이 말했다. 너무나도 확신에 차 있는 그의 모습에 여벽은 짐짓 당황했다.

더 이상의 지원이 없다는 것은 그만큼 태신청검이 이번 혈쟁의 승리를 강하게 장담하고 있다는 것이었다.

그리고 그 전제 조건이 성공하기 위해서 열혼랑이 행해야 할 행동은 이미 정해졌다.

"전원 전투 준비를 한다."

죽음은 이미 각오한 상태다.

하지만 단지 시간만 끌기 위해 존재하는 것이 아님을 태신 청검, 그리고 그에게 보여주고 싶었다.

"쉽지 않을 거다. 운유겸."

*　　*　　*

의마현의 다음 고개라 알려진 곳은 바로 원철현(園澈峴)이 다.

원철현에서 낙양까지는 비교적 먼 거리에 속했다.

더군다나 만 명에 가까이 이르는 서종대의 규모로 봤을 때 산과 강이 존재하는 원철현을 넘어 낙양까지 가는 데 넉넉히 열흘은 잡아야 했다.

악기의 현이 팽팽히 당겨진 것처럼 서종대의 전열은 긴장 의 끈을 놓지 않았다.

서종대에게 있어 넘어야 할 가장 큰 산이었던 어진검의 죽 음으로 분위기를 탔다 한들, 불가사의한 힘을 바탕으로 여러 번 전세를 뒤집은 잠룡문을 상기하자면 방심은 금물이었다.

서종대는 피해를 미연에 방지하기 위하여 전, 후방에 순차 적으로 여러 척후대를 돌리고 있었다.

경신법에 일가견이 있는 수백 명의 무사들이 그 주축을 이루고 있었고, 척후대 전체를 통솔하는 것은 다름 아닌 금불방(禁不坊)의 방주 속계(速計)였다.

그는 단순히 경신법만을 놓고 보았을 때 그보다 빠른 존재는 강호 내에 다섯 명이 채 되지 않을 것이라는 평가를 받는다.

때문에 금불방의 방주 속계라는 이름보다는 섬속대공(閃速大公)이라는 이름으로 더욱 알려져 있었다.

그는 평소처럼 냉철한 판단력으로 척후대를 지휘하고 있었다.

"전방에 소수의 집결군이 매복해 있는 것을 파악했습니다."

정찰에서 돌아온 무사들이 예를 취하며 속계에게 보고를 했다.

매복이라는 말에 속계는 코웃음을 쳤다.

"이 섬속대공을 무엇으로 보고. 매복? 숫자는 얼마나 되는가?"

"일백 정도 되는 것으로 파악됩니다."

속계는 터무니없는 매복 숫자에 더욱더 웃을 수밖에 없었다.

매복이라는 것 자체가 상대의 눈에 띄지 않은 상태에서 뒤를 급습해야 하는 것이었다.

성공조차 장담할 수 없는데 매복하고 있다는 자체가 발각되었다면 곧바로 패배로 직결되는 것이다.

"어리석은 지휘관이로군, 백헌(百獻)!"

"예!"

우렁찬 기합 소리와 함께 백헌이라 불린 무사가 자리에서 일어났다.

속계를 제외한 척후대의 무사 중 가장 빠른 경신법과 그에 걸맞는 무공 수위를 가지고 있다고 정평이 나 있는 고수였다.

"멍청한 상대의 궤멸을 위해 무림맹의 힘을 등에 업을 필요도 없겠지. 우리 금불방원만으로도 충분하다. 삼백 명의 경공 고수들을 네게 주겠다. 일백의 잠룡문도들을 단숨에 궤멸시켜야 할 것이다."

십이강파삼세방의 끝줄, 경신법을 빼면 시체라 할 수 있는 금불방.

그 소속 인원 삼백 명이라면 가히 전원이라 할 수 있는 숫자였다.

오랫동안 나른함이 지속되어서인지, 아니면 어처구니없는 상대의 숫자를 보고 방심한 것인지, 냉철했던 모습을 벗어 던지고 속계는 상황을 낙관했다.

"명을 받들겠습니다."

백헌은 자신감있는 목소리로 대답하며 발걸음을 옮겼다.

그의 뒤로는 늠름한 금불방의 경공 고수들이 뒤따랐다.

그들이 빛과 같은 속도로 남은 잠룡문도들을 궤멸시킬 것임을 속계는 의심하지 않았다.

"뭐라고?"

속계는 믿을 수 없는 보고에 자리에서 뛰어올랐다.

"삼백 명의 금불방원이 전멸했습니다……."

상처투성이가 된 상태로 보고를 하는 부하의 모습에 속계는 도로 털썩 주저앉을 수밖에 없었다.

수십 년 간 방의 확장을 위해 키워왔던 무사들이 한 순간에 사라졌다는 것은 곧 일방의 해체를 의미했다.

저들이 함정을 파 실력을 속였다 한들 강호 내에서 가장 빠른 발을 가지고 있는 그들이 한 명도 아닌 모두가 전사했다는 것은 속계로서 이해할 수 없었다.

삼백여 명의 전력이 파견되었어도 여전히 그 후미를 받쳐주는 정찰조가 있었다.

그 말은 언제든지 퇴로를 확보해 도망칠 수 있다는 말이었다.

"믿을 수 없다."

속계는 부들부들 떨리는 두 손을 맞잡았다.

그때였다.

"전방에 일백여 명의 잠룡문도가 나타났습니다. 이번에는 매복이 아닌 진법을 형성한 채 멈추어 서 있습니다."

'이해할 수 없구나.'

저들의 의도를 파악할 수 없었다.

일백여 명의 동일한 전력, 그리고 매복과 진법을 교차하는 선택.

놈들의 머릿속에 무엇이 들어 있는지 쉽사리 짐작할 수 없었다.

"내가 가겠다."

속계는 의아함을 참지 못하고 명령을 내렸다.

무기력하게 당할 백헌의 실력이 아니었다.

거기다 그와 함께 했던 삼백여 명의 금불방원 모두의 죽음까지, 도저히 이해할 수 없는 방주 속계의 선택에 다시금 삼백여 명의 정찰조가 뒤를 따랐다.

삼백여 명의 정찰조를 잃은 서종대는 이후 벌어진 또 한 차례의 전투에서 또 다시 삼백여 명의 선발대를 잃게 되는, 믿을 수 없는 결과를 받아드려야만 했다.

비단 그러한 상황은 전방에 밀집해 있는 정찰조에게만 국한된 일이 아니었다.

같은 방법으로 후방을 맡고 있던 척후대의 일부분까지 교란에 성공한 잠룡문은 서종대가 예상하는 범위 바깥에서 움직였다.

그들은 척후대의 전력을 조금씩 갉아먹는 작전을 앞세워 전면전이 아닌 머리싸움으로 혈쟁의 전세를 몰고 갔다.

닷새라는 시간, 낙양의 초입인 언천현까지 도착하는 짧은 시간 동안, 서종대는 척후대의 칠 할에 가까운 경공 무사들을 잃는 참담한 결과를 얻게 되었다.

그들로서는 당장 눈 한쪽을 잃은 것과 마찬가지인 양상이었다.

*   *   *

"당최 이게 무슨 경우라는 말입니까?"

사천당문의 문주 당명운은 벌겋게 상기된 표정으로 외치듯 말했다.

"눈 한 번 깜빡이는 사이 척후대 칠 할에 해당하는 무사들을 잃은 상태요. 모두들 명심해야 할 사실은 전투가 이번 한 번뿐이 아니라는 말이요. 숭산, 나아가 태신청검이 있는 본대와의 싸움을 고려했을 때 이렇게 무의미하게 척후 전력을 잃는 것은 패배를 자청하는 것과 다름이 없다는 말이오."

당명운의 말에 청태섭은 눈살을 찌푸리며 말했다.

"방법은 찾는다면 분명 많지 않겠습니까?"

"그렇다면 묘책이라도 있다는 말씀이오?"

"가장 가능성이 있는 방법은……"

나직이 이어진 청태섭의 말에 모두 궁금한 표정이 되었다.

"우리 중 일부가 척후가 되어야 합니다."

청태섭의 말에 자리에 모여 있는 이들이 그의 말에 반감을 표했다.

강호를 주름잡는 대문파의 실세인 그들이 척후대에 파견된다는 것은 자존심과 관련되는 문제였다.

청태섭은 그들의 표정 하나하나를 곱씹으며 말을 이었다.

"저들은 전면전을 원하지 않습니다. 일백의 잠룡문도로 움직이며 우리의 방심을 유도하고, 우리 분대를 조금씩 갉아먹는 책략으로 벌써 이 지경까지 몰고 왔습니다. 더 이상 미온적인 대처로 시간을 끈다면 저들이 원하는 결과를 만들어주게 될 겁니다."

고작 일백의 병력 때문에 전진 속도를 늦춘다는 것은 오히려 서종대의 사기에 큰 영향을 미칠 거라는 말이었다.

일백의 전력을 상대로 이제 만 명에 가까워진 서종대 전체가 움직이지 못한다는 것만큼 우스운 일도 없었다.

호랑이가 쥐 한 마리 무서워서 움츠러드는 꼴과 다를 것이 없었다.

"그나저나 궁금합니다. 이런 계책을 강구해내고 부대를 유기적으로 움직이고 있는 적의 지휘관이 누굴지 말입니다."

분위기 환기를 위해 아미파의 문주 혜연은 말을 이었다.

짐짓 궁금한 표정이 된 모두는 문뜩 유겸의 얼굴을 확인했다.

적어도 그라면 알고 있지 않을까 하는 생각에서였다.

"좌적검대주 열혼랑……."

적의 본대 병력과 아직 조우하지 못해 전체 숫자를 파악할 수 없었지만, 계속해서 소수의 소대만으로 전면전을 피하는 것을 보았을 때, 잠룡본산에서의 지원은 끊겼다고 유추할 수 있었다.

어진검이 죽었기에 여타 십존들의 파견이 없을 거라는 가능성도 배제할 수 없었다.

하지만 동열대를 먼저 궤멸하기 위해 서종대의 사정을 신경 쓰지 않은 것일 수도 있었다.

계속해서 전면전을 시도하지 않는 것을 보았을 때, 유겸은 확신했다.

'성질 급하고 자존심 강한 십존 중 한 명이라도 껴 있었다면, 크고 작든 전면전은 일단 치르고 보았을 것이다.'

유겸의 전체적인 생각은 그러했다.

때문에 소수의 소대로 이런 양상으로까지 전투를 유기적으로 끌고 올 수 있는 존재는 실력 면에서나 책략 면에서나 열혼랑밖에 없었다.

실제로 잠룡문 편에 서서 동열대와의 싸우고 있을 때 열혼랑이 삼문협에 파견되었다는 소식을 접한 적도 있었으니까 가장 가능성이 높았다.

"열혼랑이라……."

모두들 한번씩 들어본 이름에 마른침을 삼켰다.

"나 역시 청 대인의 말이 상황을 타개할 수 있는 유일한 방법이라 생각하오."

잠자코 상황을 지켜보고만 있던 제현 명인이 의견을 던졌다.

"당장 동열대의 사정을 파악할 수 없는데 이렇게 무의미하게 탁상공론만 하고 있는 것은 좋은 생각이 아니라는 말이오."

동열대와 마지막 교섭이 있었던 것은 숭산으로까지의 교두보를 확보할 수 있는 일방대로의 중현, 석충현으로 간다는 전서가 마지막이었다.

몇 차례 대승의 소식만을 전달해왔던 동열대간의 소식통이 존재하고 있었기에 서종대는 시간을 맞춰 올 수 있었던 것이었다.

열흘 가까이 순차적으로 오던 전서가 끊긴 이상 변고가 있다고밖에 생각할 수 없었다.

숭산으로의 동진이 빨라야만 할 이유였다.

제현 명인의 말에도 불구하고 선뜻 지원하는 사람은 나오지 않았다.

"모두가 가지 않겠다면 내가 가겠소."

모두의 예상을 깨고 제현 명인이 말했다.

실세들 가운데서도 가장 본대에 어울릴 인물이 척후대에 가겠다는 발언은 파장을 몰고 오기에 충분했다.

무인으로서 황혼을 보내고 있는 제현 명인이 나서자 여전히 내키지 않는다는 표정으로 하나둘씩 의사를 내놓기 시작했다.

"동열대의 사정을 모르니 어쩔 수 없지 않소, 나도 따라가겠소."

"나도 가겠소."

하북팽가의 가주 팽연섭은 물론 진주언가의 가주 언권효와 황보세가의 가주 황보서현까지 거들었다.

두 번 다시 실수를 반복하지 말자는 취지에서 청태섭과 제현 명인까지 최전선에 나가기로 했다.

"본대는 누가 남는 것이 좋겠소?"

제현 명인은 나직이 물었다.

모두의 시선은 유겸에게로 집중되었다.

사실 유겸의 존재는 서종대 내에서 불문에 붙려지고 있었다.

무림맹에게 있어 공포의 존재로 인식되어 있는 사신검이 느닷없이 서종대에 합류했다는 사실이 알려진다면 사기에 큰 영향을 미칠 수 있다는 걱정 때문이었다.

때문에 그의 존재는 일단 공동파의 고수로 알리고 있었다.

물론 유겸이 최전선에 나가 상황을 정리하는 방법도 있다.

하지만, 태신청검과 조우하기 전까지 그가 서종대를 적극적으로 돕고 있다는 사실을 굳이 알릴 이유는 없었다.

회의는 그렇게 종결이 되었다.

이로써 본대는 아미파의 문주 혜연과 유겸이 남는 것으로 최종 결정이 났다.

*　　　*　　　*

"역시나 대주님의 생각이 들어맞았군."

좌적검대 부대주 여벽은 씁쓸한 미소를 지으며 말했다.

여전히 백 분대로 전력을 나눠 적 선발대의 시선을 빼앗고 있던 상태.

곧 서종대의 실세라 할 수 있는 존재들이 최전선으로 나올 것이라는 열혼랑의 말은 정확히 들어맞았다.

"십존 분들의 지원이 있었다면⋯⋯."

기본적인 병법의 틀에서 역발상을 만들어낸다는 것만큼 훌륭한 기책은 없다.

획기적인 책략은 구성이 된 상태, 그것을 뒷받침해줄 수 있을 만한 지원 세력이 있다면 서종대를 다시금 위기에 밀어 넣는 데 부족함이 없는 열혼랑의 계략이었다.

"사신검 운유겸의 무공 수위가 현경을 넘어섰다는 이유만으로도 우리가 서종대를 이길 수 있는 방법은 없다. 하나 잠룡문 전체를 놓고 보았을 때, 결국에는 문주님과 유겸의 마지막 단판으로 무림맹과 잠룡문의 싸움은 승패가 결정될 것이다. 그러므로 얼마만큼 서종대를 위기에 몰아넣느냐가 핵심이 될 것이다."

열혼랑의 말이 상기되는 여벽이었다.

천지가 개벽하지 않는 이상 열혼랑의 말은 틀림없는 사실이었다.

"잠룡문도를 상징하는 청풍의를 입고 있는 이상 우리가 설령 버려지는 말일지라도 문파의 승리를 가져다 줄 수 있는 최선의 선택을 할 것이고, 그 선택은 이번 싸움으로 증명이 될 것이다."

열혼랑의 생각은 이러했다.

척후대는 군세를 이루는 전력의 숫자가 많으면 많을수록 중요한 역할을 했다.

군세의 눈동자라 보아도 무방했다.

열혼랑은 그 눈동자 역할을 하는 척후 대대에 방심을 유도하여 첫 싸움을 걸었고, 두 번째 전투는 첫 번째처럼 매복을 하지 않고 도리어 길목을 막아섰다.

상대 지휘관으로 하여금 수많은 생각을 심어주기 위해 계략을 짠 것이었다.

매복이라는 어설픈 연기로 방심한 적을 섬멸하고 함정이었음을 자각시켰다.

그 이후 잔뜩 긴장한 서종대를 상대로 길목을 막는 발상은 서종대의 전진 속도를 불규칙적으로 만들기에 부족함이 없었다.

전진해도, 정지해도 고민인 것이다.

열혼랑의 의도는 두 가지 방도를 교란하는 것이었다.

결국 이 방법은 실세를 최전선으로 끌어드리려는 계책이었다.

어서 빨리 낙양을 넘어 동열대와 합류하기 위해 전진하는 서종대로서는 삼천이 채 되지 않은 남은 잠룡문도를 패잔병 그 이상으로 보지 않을 것이다.

그런 잠룡문도들을 상대로 며칠씩이나 정체하고 있다는 것은 자존심을 건드리는 행위다.

결국에는 서종대를 이끄는 실세들이 최전선에 올 것이었다.

그 상태에서 전략을 한번 더 꼬아 전선으로 밀집한 실세들을 피해 중앙, 즉 본대를 공격하는 것.

열혼랑은 마치 전장의 지배자가 된 마냥 모든 부분을 계산하고 책략을 만들었다.

만 하루 동안 그 누구도 그의 지휘 막사에 들이지 않은 채 마지막이 될 작전을 짰고, 그 작전은 어김없이 잠룡문도에게 승기를 불어넣고 있었다.

"우리의 마지막 전투는 얼마만큼 서종대에게 치명적인 타격을 입힐 수 있느냐가 관건이다. 우리 잠룡 서진군은 결국 전멸한다. 하나 역사를 남길 것이다."

결국은 예정대로 패배하겠지만, 그들은 의미심장한 표정으로 마지막 역사를 그릴 준비만을 했다.

서종대를 최악의 위기로 몰아 넣는다.

그것이 남은 잠룡문도 모두의 동일한 생각이었다.

백 명의 전력, 즉 백 분대로 나누어진 잠룡문도의 숫자는 고작 다섯 분대였다.

오백이 채 되지 않은 전력으로 서종대의 실세들을 끌어내기 위해 이틀을 움직여왔다.

잔뜩 성가신 표정이 되어 잠룡문의 다섯 분대를 정리하러 그들이 전방으로 올 때쯤 서종대의 본대를 열혼랑과 남은 최정예들이 친다.

"양천(濺刪), 창귀(彰貴)."

여벽은 상념을 마무리하며 자신의 등 뒤에서 시립하고 있는 좌적검대원들을 호명했다.

"결국 잠룡문이 이긴다."

여벽의 말이 끝나기가 무섭게 멀리 떨어지지 않은 곳에서 먼지구름이 일어나기 시작했다.

엄청난 속도의 경공이었다.

점점 가까워지는 상대를 지그시 응시하며 여벽은 적월검을 비스듬히 고쳐 잡았다.

*　　　*　　　*

"…계속해봐.."

미영은 주먹 두 개 크기만 한 주먹밥을 한 입에 털어 넣으며 윤서와의 대화를 이어나가고 있었다.

윤서는 대화를 잠시 중단하고 주변의 풍경을 다시금 응시했다.

화산파의 자랑스러운 후기지수로서 서종대에 합류한 지 어느덧 보름이 가까이 지나고 있었다.

윤서와 미영이 서종대에 합류했을 당시, 서종대의 분위기는 한참 상승세를 타고 있는 때였다.

동북일대에서 수백 년 간 구파일방 오대세가로서 자존심을 지켰던 일류 문파의 장문인들이 서종대로 합류했고, 또 잠룡문의 실질적인 이인자라 할 수 있는 어진검이 그들의 합공에 무너졌다는 소식이 파다했기에 그 열기는 상상도 할 수 없을 만큼 불어나고 있었다.

윤서 역시 슬슬 적응하기 어렵던 전장의 분위기를 자연스레 익혀나가고 있는 때였다.

아직은 보급 대대의 수비를 맡는 역할을 하고 있었기 때문에 피와 살이 튀는 전방의 사정은 몰랐다.

윤서는 끝없이 이어지는 상념을 중단하며 미영과의 대화를 되짚었다.

"미 사형께서 아시다시피 귀주성의 특산품인 해물경단과 녹두소면 역시 한 여름 입맛을 돋게 하기에 부족함이 없는 별미이지만, 사계절 내내 질리지 않게 먹을 수 있는 식도락의 최고 별식은 여기서 그다지 멀지 않은 곳에 있어요.”

윤서는 미영과의 대화를 곱씹었다.

혈쟁이 계속해서 벌어지는 현장이었기에 무사들에게 보급되는 양식은 고작해야 주먹밥이 전부였다.

가끔씩 간을 맞춘 말고기국이 나와 미각을 살려주었기에 망정이지, 전장에 나와본 사람은 안다고, 모두들 각자 즐겨 먹던 요리들을 그리워하고 있었다.

평소부터 식도락에 일가견이 있다고 자부했던 미영은 윤서를 상대로 음식과 술 등 각 지역의 별미를 이야기하며 전장에서 느끼는 무료함을 달래고 있었다.

하지만 모든 이야기의 소재가 중원 남쪽 지역의 특산품이었기에 윤서는 미영의 말에 반박하는 중이었다.

“당장 가까이에 있는 낙양의 금추파전만 해도 시중에서 쉽사리 구할 수 있는 죽엽청과 환상의 비율을 자랑하죠. 그뿐만이 아니에요. 어 사형 고향이 화음현이랬지요? 그 밑으로 조금만 내려가면…….”

속사포처럼 이야기를 이끌어 가던 윤서의 말꼬리가 점점 내려갔다.

이제는 을씨년스러운 분위기만 남아 있는 종남상세권의 전경이 떠올랐기 때문이었다.

"과거 종남상세권이 있었을 때 비단 대로가 자랑하는 해오소면과 종남산에서만 맛볼 수 있다는 훈제 가락생우등심의 맛은 타의 추종을 불허하죠……."

문득 과거의 일이 주마등처럼 스쳐지나갔기에 아련함은 심했지만 윤서는 대화를 조리있게 이끌어나갔다.

"확실히 짜고 신 맛만 강조하는 남부 지방의 음식은 별다른 매력이 없어요. 조금만 더 찾아본다면 영양가 있고 맛있는 음식이 즐비한 걸요?"

미영은 마지막 남은 주먹밥을 삼키며 아쉽다는 듯 입맛을 다셨다.

짐짓 궁금한 눈초리가 되어 윤서를 바라본다.

"어떻게 그런 걸 다 알고 있는 거야?"

"상단 일을 했었거든요 그리고……."

상단 일을 하면서 중원 각지를 돌았었다.

감숙성에 있었을 당시였나? 잊을 수 없는 유겸의 기억이 떠올랐다.

"정인이었나 보지?"

"네?"

미영은 진지한 눈초리가 되었다.

"매번 과거를 생각할 때마다 슬퍼지는 눈의 이유는 결국 그것뿐이지 않겠어?"

“…….”

미영은 애써 윤서를 외면하며 말했다.

“전장이야. 잊지 말라고. 사실 난 잊고 있던 내 꿈을 찾기 위해 서종대에 들어오고자 한 거야. 잠룡문의 멸문을 위해서? 사실 그건 두 번째야. 강해지는 것 이외에는 별로 생각해보지 않았어. 하지만 전장이라면, 혈쟁에서라면 그토록 헤매도 찾을 수 없던 그 지랄 맞은 깨달음을 얻을 수 있을 것 같아서, 그래서 집착한 거야. 그렇다면 너는?”

윤서는 미영이 하고자 하는 말을 짐작할 수 있었다.

“꼭 강해지고 싶다는 거, 서종대에서 혈쟁을 경험하지 않는다 해도 찾을 수 있는 길이 아닐까? 아니면 잠룡문의 만행을 방관할 수 없을 만큼 지나치게 정의로운 거야?”

미영의 질문은 너무나도 추상적이었다.

쉽사리 어울리는 답변을 찾을 수 없는 가운데 또 다시 말이 이어졌다.

“조금이라도 너의 마음이 가벼워졌으면 좋겠다.”

“따라왔어요.”

“따라오다니?”

윤서의 얼굴 역시 진지해졌다.

“무언가가 이끄는 대로 따라왔어요. 이곳에 있으면 분명 무언가를 찾을 수 있을 것만 같은 느낌이거든요.”

막연함이 묻어나는 윤서의 말에 미영은 나직이 쓴웃음을 지었다.

"출발하나 보다."

"네."

다시금 서종대 전체가 동쪽으로 도움닫기를 시작했다.

*   *   *

현경의 경지는 단지 단어라고 하기에는 초월적인 부분이 너무나도 많이 존재했다.

현경.

단지 삼 갑자 이상의 내공을 체내에 담을 수 있는 능력만으로도 천하를 군림할 수 있다고 알려진 경지였다.

반신선의 존재에 올랐다고 한들 인간적인 야욕은 유겸의 정신 일부분을 무의식적으로 조종하고 있었다.

신선의 경지, 생사경.

인간적인 여욕을 버리고 자연과 하나가 된다는 그 해탈의 경지.

단지 욕심을 버린다는 사실 하나만으로도 생사경이라는 경지는 유겸에게 있어 너무나도 깊게 와 닿았다.

어쩌면 생사경에 오른 존재들은 그런 인간적인 야욕이 없기에 알려지기를 스스로 거부한 것일지도 몰랐다.

유겸은 다시금 태신청검과의 싸움을 준비하며 몸 만들기에 주력하고 있었다.

단전에 가득 축적되어 있던 삼 갑자의 내공이 혈도의 확장을 불러일으킨다.

중추혈을 지나 개방된 혈도를 따라 중극혈을 점령하며 의사혈을 마비시켰다.

상곡혈에 내공이 모여들면 정신 상태는 극락을 경험한다.

모든 것이 진공 상태가 되어 온몸이 나른해지고 흡사 허공에 답보한 듯한 느낌을 선사한다.

척추를 감싸안은 내공의 폭포는 근축혈을 돌아 다시금 온몸 전체로 주천한다.

"……."

하지만 유겸의 연공은 무슨 이유에서인지 중단되었다.

유겸은 살짝 찡그린 얼굴이 되어 임시 막사를 벗어났다.

삿삿!

흡사 바람소리와도 같은 멀리서 들려오는 규칙적인 발소리.

내력이 모여 있는, 실낱같은 기운이었지만 유겸의 눈썰미를 지나칠 수 없는 조심스러운 움직임이었다.

'열혼랑!'

방심했던 것이 화근이었을까?

발소리가 향하는 곳을 생각하자, 유겸의 몸은 반사적으로 팅겨 나갈 수밖에 없었다.

보급 대대.

열혼랑은 모두의 시선을 최전선으로 끈 이후 총전력을 가지고 본대의 보급 대대를 급습하려 하는 것이었다.

그 급습이 이루어졌을 때의 참극이 머릿속에 그려졌다.

'보급 대대가 급습당한다면 서종대의 전진은 다시 늦어질 것이다. 동열대의 궤멸을 위한 마지막 초석이라는 것이냐!'

급소를 노린 동귀어진보다 어쩌면 더 간담을 서늘케 하는 열혼랑의 기책이었다.

인정하기 싫었지만 책략에서의 완패였다.

믿을 수 없는 속도로 보급 대대가 있는 본대의 중심으로 한 달음에 달려갔지만, 상황은 최악으로 변질된 상태였다.

갑작스러운 암습에 보급 대대를 지키고 있던 젊은 제자들은 대열마저 잃은 채 잠룡문도의 일검에 양단되고 있었다.

순식간에 보급 대대를 지키는 절반의 무사들이 희생되었다.

유령의 움직임이라고 해도 믿을 정도의 경공, 잠령보의 위용.

그 파급 효과는 엄청났다.

이천의 전력이 순식간에 본대 안에 파고들어 오로지 보급을 끊기 위한 목적으로 몰아치고 있었다.

유겸의 움직임은 가히 전신이었다.

일검 한 차례에 십수 명의 해당되는 잠룡문도들이 목숨을 잃었다.

하지만 잠룡문도들은 필사적으로 유겸과의 싸움을 피한 채 보급 물자가 쌓여 있는 곳에 불을 질렀다.

순식간에 서종대 보급 절반에 해당되는 물자가 화마에 의해 불타 버렸다.

나머지 절반마저 잃는다면 상황은 더욱더 참담해질 것이었다.

상황이 본대 전체로 전달된 모양인지 뒤늦게 아미파의 문주 혜연이 도착해 지원했다.

하지만 목숨을 버리겠다는 비장한 각오를 던진 잠룡문도들은 자신을 베기 전까지는 넘어설 수 없다는 듯 길을 막아선 채 공격이 종결되기까지 버텼다.

유겸은 검을 고쳐 잡은 채로 곤륜혜검 비청실상진(泌淸翔鎭)을 시전했다.

빛의 속도가 되어 앞을 막는 상대를 헤집으며, 나머지 보급 물자를 지키겠다는 각오를 새기며 앞으로 나아갔다.

수천 명이 막는 길을 뚫기란 현경에 오른 유겸일지라도 힘든 법이었다.

폭포수처럼 끊임없던 내력이 줄어들며, 유겸의 전진 속도 또한 더뎌졌다.

그러나 결코 멈추지는 않았다.

잠룡문도의 일검에 무너져 내리고 있던 검수를 구해내며 넉 장 주변에 있는 적들을 적파검뢰(的破劍雷)를 이용해 쓸어버렸다.

유겸은 거친 호흡을 가다듬기 위해 애썼다.

내공을 극도로 소진하며 잠룡문도들의 목숨을 취했지만 여전히 일천이 넘어가는 숫자가 남아 있었다.

"목숨을 걸고 보급 물자를 지켜라!"

백여 명이 채 남아 있지 않는 수비조였지만 유겸이 앞에 있다는 사실만으로도 그들은 천군만마를 얻은 느낌이었다.

하지만 유겸은 불길한 느낌을 지울 수 없었다.

그때 싸늘한 표정의 열혼랑이 유겸의 앞에 등장했다.

"스스로 죽음을 자처하는군, 운유겸. 무모한 점은 여전해. 사실 자네를 죽일 수 있을 거라고는 추호도 생각한 적 없지만, 이렇게 스스로 황천길을 자처하니 너무나도 반갑군."

열혼랑은 검을 늘어뜨리며 양옆에 있는 좌적검대원 간의 거리를 벌렸다.

좌적검의 오른편과 왼편을 차지하고 있던 그들 역시 유겸을 포위해갔다.

눈을 감은 그들의 풍채에서 광활한 무학의 움직임이 느껴졌다.

내공의 폭풍우가 생겨난다.

단전을 터뜨려 목숨과 바꾼 신력(神力)을 갖게 된 잠룡문도들은 유겸을 향해 동귀어진을 펼쳤다.

연소되듯 타오르는 자신의 육체를 바라보며 열혼랑은 읊조렸다.

"빠져나갈 수 있겠느냐, 운유겸."

"…재밌는 건 우리가 너무나도 단순히 알고 있는 이 호흡이라는 것의 간결함 차이가 공격의 횟수, 검강의 위력에 변화를 줄 수 있다는 것이다."

서종대의 실세들은 소속된 제자들의 실전 무위를 더욱더 끌어내기 위해 동진하는 와중에도 따로 수련 시간을 두었다.

보통 함께 따라온 쟁자수들이 임시 막사를 세우고 있을 때 각 분대에 파견된 장로들이 수련을 지휘했다.

사천당문의 독객 고수이자 장로 한 자리를 꿰차고 있던 당최욱은 보급 편을 수호하는 수비 대대의 수련을 지도하며 말을 이었다.

"먼저 정형화된 복식 호흡이 아닌 역복식 호흡을 이용해 혈도 사이사이를 확대시키면 보다 많은 양의 내력을 단시간에 끌어내는 장점이 있다."

당최욱이 가진 무공 수위는 이제 막 절정에 이른 상태였지만, 그가 가지고 있는 실전 무위는 화경도 상대할 수 있을 정도의 민첩함을 가지고 있었다.

당문의 문주 당명운으로부터 하사받은 암기술은 명불허전 그 자체였기에 모두의 존경을 한 눈에 받고 있기도 했다.

윤서와 미영은 당최욱의 지도 하나하나를 새겨들으며 호흡의 중요성을 다시금 인지했다.

짧은 호흡, 긴 호흡. 그런 호흡의 차이가 실전에서는 큰 격차를 보인다는 사실이 여전히 신기했다.

"기척을 죽이려면 귀식대법의 시전은 불가피하다. 하나 귀식대법은 같은 성질의 내공을 사용하는 데 있어 오점을 가지고 있다. 결국 초고수라면 귀식대법을 시전하는 상대를 감지할 수 있다는 말이지. 하나 흉복호흡(胸腹呼吸)을 이용하면 우리의 내력 전부를 상단전 바깥으로 잠시 숨길 수 있는 모용을 가지고 있다."

당최욱은 이해를 돕기 위해 설명과 함께 시범을 보였다.

"흉복호흡의 특성은 비단 기척을 숨기는 데 국한되지 않는다."

당최욱은 특유의 빼어난 손놀림을 발휘하여 몸 안에서 두 개의 투검을 꺼냈다.

전방을 지그시 응시하며 멀리 있는 고목을 겨냥했던 당최욱의 시선 처리가 갑작스럽게 굳었다.

흔들림없이 고목을 겨냥했던 당최욱의 손이 전혀 예상하지 못한 방향으로 날아갔다.

모두가 의아함을 가지고 투검의 경로를 바라보는 그때.

외마디의 숨소리가 들렸다.

"헙."

기척을 최대한 숨기려 했는지 크기는 작았지만 명백하게 고통을 참아내는 소리였다.

그 자리에 모인 사람들이 모를 리가 없었다.

"전원 전투 태세!"

당최욱의 말이 떨어지기가 무섭게 일단의 청의인이 모습을 드러냈다.

놀랍게도 시간이 지날수록 그 숫자는 기하급수적으로 불어났기에 모두는 놀란 표정이 되었다.

"어떻게."

미영과 윤서는 돌발 상황에 말을 잇지 못했다.

"어떻게 본대를 급습할 수 있는 거지? 더군다나 이렇게 많은 숫자가?"

윤서는 예상치 못한 공격에 당황했다.

재빠른 발재간으로 유리한 위치를 점거한 잠룡문도들은 당황하는 서종대원들을 상대했다.

"정신 차려!"

하마터면 치명상을 입을 뻔한 윤서의 앞을 막아서며 잠룡문도의 단전에 일검을 박아 넣은 미영은 외쳤다.

윤서는 정신없이 쏟아지는 공격에 마음을 가다듬으며 미영의 뒤를 엄호했다.

실전이다.

이보다 더 위험한 순간들을 경험했던 그녀는 곧 사태를 냉정하게 이해했다.

윤서는 그렇게 전장의 일부분이 되었다.

워낙 불시에 일어난 급습이었기 때문인지 수백, 수천 차례 연습을 맞춰 오던 대오는 전혀 무의미했다.

벌써 스무 명의 잠룡문도를 상대한 윤서의 입안에서는 단내가 풍겼다.

겨우 앞을 막아서는 적 한 명을 섬멸한 윤서는 표정을 찡그렸다.

옆구리에 긴 검상을 내줌과 동시에 얻어낸 목숨 값이었다.

"미 사형!"

윤서는 혼미해지는 정신 상태를 추스르며 미영을 찾았다.

얼마 떨어지지 않은 곳에서 비틀거리며 미영이 다가왔다.

"어… 어떻게."

미영의 왼팔은 온데간데없었다.

창백해진 미남형의 얼굴은 여전히 웃음기를 머금고 있었다.

"여기는 내가 맡겠다. 사매, 안쪽과 합류해. 서종대 최후의 보루다. 꼭 지켜야만 한다."

미영은 쓴웃음을 지었다.

사실 윤서가 자신을 불러 이쪽으로 방향을 옮긴 것이 아니었다.

끊임없이 이어지는 거친 압박에 의해 어쩔 수 없이 밀려났다.

수비 분대의 최전선은 지금 미영과 윤서가 있는 곳으로 바뀌었다.

윤서는 이해할 수 없었다.

압박이 가장 심한 곳을 다시 전담하겠다니.

재차 바라본 미영의 표정은 다급함이 어려 있었다.

윤서는 안타까운 표정과 함께 말을 이었다.

"꼭 살아요."

미영이 지키는 저지선이 궤멸된 것은 윤서가 보급대의 핵

심이라 할 수 있는 중앙 지역으로 들어간 이후 일다경이 채
지나지 않아서였다.
　누구도 기억할 수 없는 멋없는 죽음.
　끝까지 그것을 의식한 미영의 목이 날아갔다.

第七章

혼검살천 (魂劍殺千)

곤륜기신

물 먹은 솜처럼 더 이상 몸을 움직일 여력이 없었다.

무너지는 정신을 다잡기 위하여 입술을 깨문다.

정신을 잃는다는 것, 그것만큼 무의미한 죽음은 없었다.

수비대의 구 할이 궤멸되고 남아 있는 전력은 일백이 채 되지 않았다.

어제의 동료가 오늘은 없다. 눈 한번 깜빡이고 나면 벌어지는 일이었다.

"목숨을 걸고 보급 물자를 지켜라!"

어디선가 너무나도 익숙한 외침이 들렸다.

금방이라도 무너질 것만 같던 저지선 아래에 태산이 떡 하니 세워진 것 마냥, 목숨을 위협하던 철의 비가 멈추었다.

윤서는 놀란 얼굴을 감출 수가 없었다.

"겸… 겸랑?"

그토록 찾아 헤맸던 꿈의 존재가 윤서 앞에 있었다.

그것도 잠룡문도가 아닌 서종대의 일원으로.

무엇보다도 고립된 보급대를 지키기 위해 달려온 모양새다.

유겸의 등장에 윤서는 믿을 수 없다는 반응을 보였다.

그의 등이 다시금 보였다.

모든 악제를 앞에서 대신 막아주던 늠름하고 넓은 등이었다.

윤서는 아득해지는 정신을 추스르며 유겸의 뒷모습을 유유히 바라볼 뿐이었다.

진원진기를 포기한 일천여 명의 잠룡문도가 유겸에게로 도약했다.

무학의 광활한 범위를 이해한 존재가 진원진기를 포기하고 얻는 무한대였다.

그 깨달음의 값어치가 높을수록 삼류무사일지언정 진원진기만 사용할 수 있다면 절정의 무위 그 이상을 보여줄 수 있었다.

전원 일류를 넘고, 자타가 공인하는 절정의 귀인들 좌적검대가 수라사룡심법의 통제를 벗어나며 그동안 축적해왔던 힘을 개방시켰다.

"죽어라, 운유겸!"

보급대를 노렸던 일천여 명의 공격 대상이 바뀌었다.

곧바로 유겸을 노린 동귀어진이 동시다발적으로 이어졌다.

현경에 오른 유겸일지언정 이 상황을 타개할 수 있는 방법은 오로지 하나밖에 없었다.

안으로 들어서기까지 일천 명이 넘는 잠룡문도를 학살하면서 유겸 역시 내공 소모를 극한까지 끌어올린 상태였다.

순수하게 남겨진 내공으로 상대하기에는 불가능에 가까웠다.

"신선공밖에 없다는 말인가."

같은 방법으로 대항하는 방법밖에는 답이 없었다.

진원진기를 이용한 신성공의 위용을 빌린다면 반전을 꾀할 수 있을 것이다.

"내게 남겨진 수명이 얼마나 된다는 말인가."

유겸은 경련하는 두 손을 움켜쥐며 고민에 잠겼다.

오래 전 소림승찬과의 싸움에서, 또 종남파의 추격을 따돌리기 위해 진원진기를 소진했기에 남아 있는 유겸의 수명은 본인조차 장담할 수 없었다.

무림맹과 잠룡문의 대한 혈전이 극에 이른다면 태신청검과의 일대일 대결은 불가피했다.

어진검의 실력을 상기했을 때, 또 오랫동안 보아온 기억으로 미뤄볼 때 태신청검의 숨겨진 무공 수위는 유겸조차 장담할 수 없었다.

유겸이 각성을 통해 현경에 올랐다 한들 전투에서는 변수가 존재한다.

남아 있는 진원진기는 그런 변수를 위한 부가 선택이었다.

유겸은 도박수를 던지기로 생각을 굳혔다.

그에게 남아 있는 진원진기는 이제 마지막이라 해도 무방했기에 태신청검과의 한 수를 위해 아껴야 했다.

열혼랑의 거친 기합 소리와 함께 등 뒤에 있던 일천여 명의 잠룡문도들이 폭주하며 유겸을 양단키 위해 발검했다.

유겸은 마음을 비우며 들고 있는 철검에 강기를 주입했다.

주유공(注有功)의 위용이 발휘되며 평범한 모양의 철검이 모습을 바꾸었다.

검강의 흐름에 의해 변환에 성공한 철검은 어느새 곤륜파의 검, 낙화검의 모양새를 띠고 있었다.

엄지발가락에 중심을 싣는 용단경공(龍端輕功)에 단련된

하체가 춤사위를 치듯 날아올랐다.

폭포수가 위로 역류하듯 비어 있던 단전에 다시금 내공이 유입되며 유겸의 몸 전체를 깃털처럼 가볍게 만들었다.

일 대 천.

영혼이 담긴 투신검과 천 자루 적월검의 역사적인 싸움.

훗날 '혼검살천'이라 불리는 위대한 전투가 시작되는 순간이었다.

길이가 짧은 적월검의 특성상 동시다발적인 합격을 이행하기 위해서는 한 발자국 더 상대에게 가까이 다가가야 한다는 단점이 있다.

물론 그 단점을 달리 생각하자면 무게 중심을 더욱 살려 배에 해당하는 힘을 상대에게 발휘할 수 있다는 말이었다.

검강이 난무하는 현 전투의 특성상 검의 특성을 생각한다는 것 자체가 무의미한 판단이었지만 유겸은 달랐다.

하나하나 거리를 재며 세 수 앞의 상황을 예상하고 적을 상대해 나갔다.

쩌저저적, 쩌엉―

전투는 폭풍 그 자체였다.

땅이 갈라지며 공간이 일그러졌다.

화마의 열기가 아지랑이 피듯 땅 위로 스멀스멀 올라왔기에 흡사 화산 폭발이 일어나는 듯한 착각을 주었다.

진원진기의 위용은 상당했다.

목숨이 담긴 필살 일격이 난무하는 가운데, 스치기만 해도 적에게 치명상을 남겼다.

유겸 역시 만신창이었다.

두 번째 수탈을 경험하게 되면서 얻었던 도검불침의 몸이 아니었다면 잠룡문도들의 공력에 의해 벌써 기화되었을 것이다.

일검에 담긴 속도와 파괴력은 언제나 일정했다.

힘 조절을 하지 못한다면 금세 탈진해 제풀에 쓰러질 것을 미연에 방지하는 것이었다.

또한 만약 공격이 한 차례라도 실패하게 된다 해도 역시나 목숨을 잃는 것은 마찬가지였다.

매순간 순간마다 신중을 가해야 할 싸움.

보급대의 방화를 노리던 잠룡문도들은 오로지 서종대의 핵심인물 유겸의 목숨만을 노리며 달려들었다.

열혼랑은 싸움을 방관한 채 진중한 표정이 되어 유겸의 보법을 눈여겨보고 있었다.

설사 유겸이 현경의 경지, 반신선의 경지에 올랐다 한들, 결국 인간의 육체를 가진 존재였다.

방심하는 순간만을 기다리는 것이었다.

"하아아아."

유겸은 거친 숨소리를 골랐다.

이다경이 넘는 시간을 전투에만 집중한 끝에 칠 할에 해당하는 잠룡문도들이 시체가 되어 산을 이루고 있었다.

육과 혼이 붕괴되고 있는 동료의 모습에 조금이라도 공격을 주체할 수 없었기에 그들은 다시금 유겸을 향해 도약해 왔다.

"힘이……."

잠깐의 멈춤 때문일까, 긴장이 풀린 근육의 일부가 늘어지며 유겸의 무게 중심이 무너졌다.

내력을 이용해 몸 상태를 다시금 끌어올렸지만 그것은 유겸의 목숨만을 노린 채 달려들던 잠룡문도들에게 있어 놓칠 수 없는 허점이었다.

열혼랑이 움직인 것은 그때였다.

유겸은 다급한 표정이 되었다.

곤륜검선 사제금형검(死濟擒形劍)이 급작스럽게 시전되며 다가오는 적들을 섬멸했다.

순식간에 스무 명에 이르는 잠룡문도들이 목숨을 잃었다.

하지만 용의 형상을 한 엄청난 쾌검이 유겸에게 이어졌다.

잠룡검 쌍룡모시열랑의 시전!

정확히 급소를 노린 공격이었다.

찌어엉―

공격을 간신히 흘렸지만 유겸은 각혈을 토해냈다.

유겸의 육신을 감싸던 막이 풀리며 열혼랑의 내공을 고스란히 받을 수밖에 없었다.

"쿨럭."

남아 있는 잠룡문도들의 숫자는 일백이 채 안 됐다.

그것도 진원진기와 바꾼 힘을 잃고 무너지는 자들이 태반이었다.

자신에게 반각의 시간이 더 주어진다면 그들의 목숨을 끊을 수 있을 텐데.

"여기까지다, 운유겸!"

하지만 열혼랑은 잠룡검(潛龍劍) 태신오청난결(太神五靑爛抉)을 시전하여 방어가 되지 않은 유겸의 하초를 향해 날아들었다.

열혼랑조차 목숨을 버린 일격이라는 것, 엄청난 속도로 쇄도하는 그 모습을 바라본다면 단번에 알 수 있는 공격이었다.

열혼랑은 희미한 미소를 지은 채 유겸에게 순식간에 당도했다.

유겸은 눈을 감을 수 없었다.

한번의 잘못된 판단으로 인해 강호의 운명은 장담할 수 없게 되었다.

유겸은 쓴웃음을 지었다.

푸수수숙―

폐부를 깊숙이 찌른 태신오청난결의 위용은 체내에서부터 폭발을 시도할 것이다.

전신의 힘이 빠지며 형용할 수 없는 고통이 이어진다.

그 고통은 차라리 죽음을 원할 만큼 참담한 고통이었다.

"겸… 겸랑."

유겸은 자신의 눈을 의심했다.

차가운 금속의 감촉이 자신의 폐부가 아닌 너무나도 익숙한 그녀의 가슴팍에 꽂혀 있었다.

"아니, 이런 말도 안 되는!"

열혼랑은 자신의 목숨을 건 공격이 유겸이 아닌 다른 상대에게 적중했다는 것에 탄식했다.

열혼랑은 곧바로 허물어졌다.

진원진기를 다 소진했기 때문이다.

유겸은 무너지는 윤서를 부둥켜안으며 말을 이었다.

"소저가 어찌 이곳에 있다는 말입니까?"

윤서는 유겸의 말에 지그시 웃으며 답했다.

"일 년 만에 만났으면서 첫인사가 질문형이면 어떻게 해야 하는 거죠?"

윤서는 그 말을 끝으로 발작을 하기 시작했다.

눈동자에 초점이 없어지고 유겸을 바라볼 수도 없었다.

"쿨럭, 그래도 겸랑의 마지막 모습을 눈에 담을 수 있었어요, 방금. 여전히 늠름한 걸요?"

"……."

"어찌 이곳에 있냐는 말에 대한 답변을 어떻게 해야 할지 모르겠어요. 누군가의 간절한 바람을 쫓아 또 그 누군가가 있던 곳을 쫓아 동쪽으로 동쪽으로 발걸음 하니 어느새 이곳에 있었어요."

주변은 함성 소리가 가득했다.

뒤늦게 전선을 정리한 서종대원들이 남아 있는 잠룡문도들을 제압하기 시작했다.

유겸은 그 광경을 외면하며 손끝에 모든 내공을 집중시켰다.

그녀의 단전이 붕괴되고 모든 혈도가 막혔으리라는 것은 기정사실이었지만, 자신이 알고 있는 모든 방법을 이용해 윤서를 살리고 싶었다.

"겸랑은 여전히 말수가 적어요. 또 나만 주구장창 이야기하고."

"말하지 말아요, 윤서 소저."

윤서의 말수가 적어질수록 유겸의 손놀림은 더욱더 빨라지고 있었다.

문득 시선을 돌려 주변을 바라본다.

피의 학살, 이 혈쟁의 원흉은 누구일까?

유겸은 다시금 분노를 느낄 수박에 없었다.

'태신청검.'

"겸랑은 지금 행복한가요?"

윤서의 숨소리가 가늘게 느껴졌다. 힘겹게 잡고 있던 생명의 끈이 잘려 나가는 것을 느낀다.

"겸랑의 행보가 성공할 수 있도록 기도할게요."

윤서는 그 말을 마지막으로 무너져 내렸다.

유겸은 자신의 두 손을 바라보며 탄식했다.

'그놈의 욕심.'

생사경이라는 또 다른 경지에 오르고자 하는 욕심 탓에 수천 년의 역사, 수백 년의 정기를 가지고 있는 곤륜산을 잃었다.

비단 곤륜산뿐만이 아닌 수천 명의 제자들의 목숨까지 빼앗겼다.

완벽한 복수행을 이루자는 치밀한 욕심 때문에 무림맹은 풍전등화의 위기를 맞았으며, 수만 명의 강호인들은 잠룡문의 적월검에 의해 소멸되었다.

그리고 처음이자 마지막이었던 윤서를 살리기 위한 행동.

옳게 행하고자 했던 모든 행동은 야욕과 욕심에 의해 소중한 것을 유겸으로부터 앗아갔다.

"모든 것을 잃었다."

곤륜파는 멸문했으며, 강호의 질서는 어지럽혀졌다.

사파과 마두가 사라졌다 한들 강호의 위기는 그 어떤 때보다 크다.

삶에 있어 마지막 남은 소중한 사람을 잃었다.

혈쟁이 존재하기 때문에, 태신청검과 잠룡문이라는 이름 때문에.

"이제 너의 모든 것을 빼앗을 차례다. 잠룡문주 태신청검."

유겸은 검을 늘어뜨리며 허공으로 날아올랐다.

곤륜파가 살아 있다는 것을 만방에 떨치려는 듯이 밤하늘을 가득 수놓는 곤륜검법의 위용은 흡사 용이 승천하는 듯한 장관을 펼치고 있었다.

*　　　*　　　*

멸문했다 알려진 무림공적 곤륜파의 재등장으로 인해 위기에서 벗어난 동열대는 허창현을 단숨에 넘어서 우주현, 나아가 숭산의 초입인 등봉현의 코앞까지 진격했다.

비단 무림맹의 거침없는 행보는 동열대에서만 이루어지는

것이 아니었다.

좌적검대주 열혼랑의 계략으로 인해 척후대와 보급대의 절반에 달하는 전력을 잃은 서종대 또한 미증유의 힘을 바탕으로 힘겨운 싸움이 될 것이라 예상되었던 전투를 이기고 낙양을 무너뜨렸다.

이로써 서종대와 동열대와의 거리는 열흘 안팎으로 가까워졌다.

"…여기까지입니다."

곤륜파의 마지막 장로 오율 진인은 지난 삼십여 년의 세월을 짧게 압축하며 이야기를 마무리했다.

모두를 둘러보았다.

자리에 모인 동열대의 실세들은 오율 진인의 말을 믿을 수 없다는 듯한 반응을 보였다.

하지만 증거는 오율 진인 그가 살아 있었고, 이백여 명 전원 화경에 이른 도가검수들의 걸출한 모습을 보면 쉽게 인정할 수 있는 사실이었다.

"지난 수십 년 간 의문을 가지고 있었소, 바로 전대맹주이신 심명 선인의 부재를 말이오."

모두가 침묵한 가운데 제갈여명은 오율 진인을 바라보며 물었다.

그의 몰골은 전투의 여파로 창백해져 있었다.

　서종대의 사정과는 다르게 동열대 내부로 유겸의 귀환 소식이 전해지고 있지 않았다.

　전투가 이루어지는 가운데 그 소식이 알려지면 때 아닌 혼란을 일으키게 될 것이다.

　그 혼란은 전열에 문제를 만들기 때문에 제현 명인의 결정 아래 미리 정보를 통제한 것이었다.

　때문에 동열대의 실세라 할지라도 유겸의 정체를 아직까지 모르고 있었다.

　제갈여명이 그러한 질문을 오율 진인에게 하는 것은 어떻게 보면 자연스러웠다.

　"알 방법이 없소. 등선을 하신 것인지 어떻게 사라지신 것인지 아무런 언급조차 없었습니다."

　오율 진인의 말에 장내는 숙연해졌다.

　사실상 심명 선인이 이곳에 함께 있었다면 잠룡문과의 혈쟁이 이토록 오랫동안 지속되지 않았을 것이라는 아쉬움이 묻어났다.

　"하나 확실한 것은."

　오율 진인은 모두를 바라보며 말을 이었다.

　"말없이 사라지실 위인이 아니시라는 것이오. 분명 어딘가에 살아 계실 것이고, 우리 무림맹이 정말 필요로 할 때 오실 것이오."

말을 잇는 오율 진인 역시 장담할 수 없는 말이었기에 표정에는 걱정이 묻어났다.

오율 진인의 이야기가 끝나고 회합을 주도했던 의영 진인은 나직이 말을 이었다.

"지난 세 차례의 전투로 인해 동열대의 전세는 절반으로 축소되었소, 고작 사천, 그중 절반은 마지막 전투에서 치명상을 입었기에 당장 전선에 투입할 수 없소."

의영 진인은 분을 참을 수 없다는 듯 다시금 얼굴을 쓸었다.

자신의 실수가 가장 컸다는 것은 명백한 사실이었기에 고개를 들 수 없었다.

"당장 문제는 그것이 아닙니다."

제갈여명은 여전히 의영 진인의 선택을 부정적으로 생각하며 시선을 일체 주지 않고 있었다.

그는 앞을 바라보며 말을 이었다.

"우리가 가장 염두에 두어야 할 적은 잠룡문주 태신청검입니다. 지난 전투의 양상을 살펴보아도 앞으로가 암담합니다. 모든 전투는 잠룡문의 고위 장로라 할 수 없는 자들이 지휘했습니다. 하지만 결과는 어떻게 되었습니까?"

지략가로서의 명확한 상황 진단이었다.

"우청검대주 우청검, 어전검대주 하우극, 청랑검전주의 원준 등 실세라 할 수 있는 잠룡 십존은 전선에 보이지도 않았습니다.”

십존들의 언급이 나오자 오율 진인이 끼어들었다.

“잠룡 십존 중 율거 도인과 양화환검은 호남성에서의 전투에서 우리에게 목숨을 잃었소.”

사실이었기에 곤륜파의 도인들은 모두 고개를 끄덕였다.

하지만 오율 진인의 표정은 여전히 굳어 있었다.

“하지만 아직 남아 있는 여덟 명의 십존이 있소. 그들의 능력은 우리가 생각하는 그 이상의 힘과 지략을 가지고 있소.”

율거 도인과 양화환검과의 싸움이 상기되었다.

두 명의 십존을 위시한 서른 명이라는 소수였지만 워낙 정예였기에 그들의 목숨을 취하기까지 흘린 피는 상당했다.

그들과의 싸움에서 열 명의 도인들을 잃었고, 서른 명에 해당하는 제자들이 부상을 입었다.

잠룡문은 가지고 있는 무공 수위뿐만 아니라 지략에서도 일가견이 있었다.

십존이 직접 전선을 진두지휘하는 것이 아니었음에도 불구하고, 이렇게까지 무림맹이 휘둘리고 있으니…….

“어떻게 하는 게 좋다는 말이오?”

선뜻 좋은 계책을 그 누구도 언급할 수 없었다.

그때였다.

임시 막사 안으로 누군가의 목소리가 들려왔다.

"서종대에서 전서가 도착했습니다!"

모두가 궁금한 표정이 된 가운데 전서를 가지고 온 무사는 무릎을 꿇었다.

의영 진인은 전서를 받아들었다.

전서를 읽는 시간은 마치 멈춘 것 같이 길게 느껴졌다.

"잠룡문의 낙양각이 무너졌다고 합니다."

의영 진인의 말에 모두는 믿을 수 없다는 표정이 되었다.

"소식이 전달되기 전까지 그간 무슨 일이 서종대에게 있었다는 말인가? 낙양을 점령했다는 말은……."

사실 동열대의 실세들은 서종대가 처한 위기를 누구보다도 잘 알고 있었다.

잠룡 십존 중 그 누구보다 강했고, 잠룡문주 태신청검의 분신이라 일컬어지는 절대고수, 어진검이 삼문협 저지선을 지키고 있었다.

소식을 서로 전달하는 당시 어진검의 경탄스러운 공격으로 인해 전진을 멈출 수밖에 없었다는 사실도 들었다.

그런 서종대가 낙양각을 무너뜨렸다는 소식은…….

"어진검의 목숨을 취했다고 합니다."

그 모든 의혹을 한꺼번에 납득시킬 수 있는 사실에 장내는 침묵이 감쌌다.

"숭산으로 갈 준비를 하지요."

"그게 무슨?"

"이틀 전에 보내온 전서입니다."

의영 진인은 그 말을 끝으로 모두에게 전서를 공개했다.

서종대는 숭산으로 진격한다.

마지막 여백을 채우는 문장은 가히 파격적인 말이었다.

가능한 일인가?

어진검과의 싸움이 끝났다면 서종대에 누적된 피해 역시 엄청날 것이 분명했다.

그럼에도 불구하고 마지막 고지라 할 수 있는 숭산으로 곧장 가겠다는 말이었다.

"아무래도 종극이 가까워졌나 보구나."

오율 진인은 나직이 말을 이었다.

그리고는 가장 먼저 일어났다.

오율 진인을 따르는 곤륜도인들이 약속이라도 한 듯 동시다발적으로 일어났다.

"그 끝을 빨리 내 손으로 이루고 싶소. 이 어긋나 버린 강호의 역사와 잃어버린 곤륜의 역사를 되찾기 위해서는 내가 그 선봉이 되어야 할 겁니다. 먼저 가보겠소."

오율 진인의 대담한 발언에 모두는 은연 중 고개를 끄덕였
다.
전서의 마지막 문장처럼, 끝나지 않을 듯했던 대극의 종장
이 가까워지고 있었다.

第八章
혼란의 끝

공룡
기신

　을씨년스러운 숭산의 분위기를 한 음절로 표현한다면 ‘시들다’ 일 것이다.

　한파가 몰아닥쳤던 겨울이 지나고 봄이 왔지만, 매년 초록 빛깔을 드러내며 아름다움을 자랑했던 나무들은 이파리를 숨기고 있었다.

　"곤륜산이 이러하지 않을까."

　피눈물을 흘리며 떠나왔던 곤륜산의 전경이 지금의 숭산 같지 않을까, 오율 진인은 생각했다.

　엄청난 속도로 등봉현을 주파해 숭산에 들어섰다.

지나친 내공의 소비라고 할 수 있겠지만 그들은 분노라는 감정 자체가 내력이 되어 노곤한 몸에 채찍질을 했다.

'지나치게 감정적이구나, 오율 진인.'

오율 진인은 스스로를 질타하며 주변을 돌아보았다.

"더욱 들어오라는 소리로밖에 들리지 않는구나."

오율 진인은 자신의 곁에서 함께 발을 맞추는 대운을 바라보며 말했다.

숭산의 초입에 들어섰지만 곤륜도인들을 마주하는 잠룡문도들의 모습은 코빼기도 보이지 않았다.

당장 이 분위기라면 잠룡본산이 있는 대지까지 한달음에 충분했다.

"하지만 이상합니다."

대운은 오율 진인의 말에 그렇게 대답했다.

선발대를 자청한 곤륜도인들이었지만 그들의 숫자는 오백이 채 넘어가지 않는다.

서로의 실력을 믿고 있었기에 가능한 선택이었지만 잠룡문도들에게 보기엔 소수의 숫자로밖에 구성되어 있지 않은 곤륜도인들이었다.

그들에겐 먹음직스러운 먹잇감으로밖에 보이지 않을 것이었다.

하나 예상하고 있던 공격은 없었다.

잔뜩 움츠러들었던 오율 진인 역시 그 점을 의아해하고 있
었다.

"뒤따라오는 동열대의 전세와 합쳐진다면 잠룡문도들로서
는 더욱 감당할 수 없는 힘을 상대하게 되는 것인데 아직 움
직이지 않는다는 것은 이해할 수 없습니다."

가진 무공뿐만 아니라 지휘력과 통찰력으로 따를 상대가
없다고 알려진 오율 진인도 이번만큼은 긴장할 수밖에 없었
다.

오율 진인은 만반의 준비를 갖추기 위해 속도를 늦췄다.

뒤따라오는 동열대와 합쳐진다면 불시에 위기가 닥친다
할지라도 벗어날 수 있을 것이었다.

"속력을 늦춰 모찰로 향한다."

오율 진인의 생각대로 공격은 그 이후에도 이어지지 않았
다.

매복을 대비하며 전진을 계속하는 가운데, 결국 뒤따라오
던 동열대와 합류했고 그렇게 모두는 잠룡본산을 코앞에 두
게 되었다.

*   *   *

장내는 어두컴컴했다.

지옥의 한 장면을 연상시키는 암흑 속에 존재하는 자들의 숫자는 열 명이 채 되지 않았다.

"어진검이 목숨을 잃었다?"

잠룡문 내에서도 더 이상 올라갈 서열이 없는 섬서장로의 이름 자체를 부를 수 있는 존재는 오로지 단 한 사람밖에 없다.

태신청검.

고결한 자태와 함께 뒷짐을 쥐고 있던 그는 부복한 열 명 남짓의 존재들에게 되물었다.

"뿐만 아니라 각원단을 단신으로 공격해 들어갔던 존재는 다름 아닌 무림공적 곤륜파의 마지막 남은 장로, 오율 진인이었습니다. 그를 제지하기 위해 남진을 택했던 율거 도인과 양화환검님에게서 더 이상의 기별이 없어 확인한 결과, 오랫동안 은신했던 곤륜파의 도가검수들이 나타났고, 그들에게 두 분의 목숨을 빼앗긴 모양입니다."

보고를 잇는 하우극의 표정은 흔들리고 있었다.

그의 수하로부터 서종대와 동열대가 숭산의 코앞에 당도했다는 소식을 전해들을 수 있었고, 당장에라도 한쪽을 저지해야만 했다.

그들이 모찰에 올라 합공을 해온다면 제 아무리 십존이 모두 있을 지라도 막아내기에는 역부족이었다.

하지만 태신청검은 하우극의 말을 여유롭게 듣기만 했다.

"문주님, 동열대가 숭산에 들어섰다는 보고입니다……."

하우극은 근심을 이기지 못해 눈을 지그시 감고 있는 태신청검에게 동열대의 소식을 전했다.

하우극의 말에 태신청검은 웃는 얼굴로 대답했다.

"여전히 약한 모습이구나, 하우극."

하우극은 속이 탔다.

이렇게까지 상황이 진전된 것은 어떻게 보면 태신청검의 안일한 판단 덕택이었다.

서종대와 동열대, 둘 중 한 군데라도 태신청검이 합세했다면, 아니 본산에 유유적적 대기하고 있던 십존의 일부만이 지원을 했다면 상황이 이 정도까지 악화되지는 않았을 것이었다.

'그동안 어디에 계셨던 것입니까…….'

하우극은 그토록 궁금했던 문장을 속으로 되뇌며 태신청검의 대답을 기다렸다.

태신청검은 자리에서 일어나 장내 안을 돌아보았다.

"잠룡 십존 십위일대(十位一隊)."

"존명."

태신청검은 나직이 시립하고 있던 일곱 명의 십존을 불렀다.

그들은 한쪽 무릎을 꿇고 태신청검의 명령을 기다렸다.

"그대들 모두는 낙양으로 간다. 동진하는 서종대를 섬멸해라."

파격적인 명령에 하우극은 의아했다.

그렇다면 동열대는?

태신청검의 명령이 떨어지기가 무섭게 십존은 경탄스러울 정도로 빠르게 잔상이 되어 사라졌다.

그들과 그들을 따르는 잠룡문 최대의 대대가 숭산을 비운다면 제 아무리 태신청검이라 해도 동열대의 전력을 막아낼 수 없을 것이었다.

더군다나 귀환한 곤륜파 도가검수들의 무위는 상상할 수 없을 정도로 대성을 이룩한 상태였다.

전원 화경 또는 그에 근접한 최절정이었다.

"하우극."

"예……."

"나와 그대는 동열대를 멸살한다."

싸늘하며 장내를 울리는 음성에는 분명 힘이 담겨 있었다.

실제로 이루어질 것만 같은 힘이었다.

이윽고 하우극은 자신의 눈을 의심할 수밖에 없었다.

"신선천상제……."

태신청검은 유유히 하늘을 걸어 장내를 빠져나갔다.

일시적으로 허공을 밟는 허공답보와는 차원을 달리하는 신선천상제의 모용은 오로지 현경에 입경한 절대고수들에게만 허락된 영역이었다.

"설마……."

태신청검이 자리를 비운 짧은 시간 동안 도대체 그에게 어떤 일이 벌어졌던 것인가.

하우극은 경탄스럽기만 한 그의 변화에 스스로에게 질문을 던질 수밖에 없었다.

"아이야."

"예……."

"네가 믿는 어전검대의 힘은 그 누구도 막지 못하느냐?"

어전검대의 단합된 힘이야말로 절대적 위력을 가지고 있다.

그에 대한 자부심이 하늘을 찌르는 하우극에게 어전검대란 곧 자존심이었다.

하우극은 천천히 고개를 끄덕였다.

태신청검은 또 다시 물었다.

"네가 믿는 잠룡 십존의 힘은 절대적인가?"

절대적.

그 단어에 힘을 싣는 태신청검은 하우극에게 대답을 예상하는 듯한 의문을 던지고 있었다.

"예, 그렇습니다."

"네가 믿는 잠룡문은 강호 내에서, 아니 이 지상에서 최고의 문파인가?"

"예……."

"그렇다면 왜 믿지 못하느냐?"

하우극은 엄청난 각법에 머리를 맞은 듯한 충격을 받았다.

그들을 믿으면서, 잠룡문이라는 절대적인 문파의 힘을 믿으면서 왜 걱정하고 있었을까?

태신청검은 흐뭇한 미소를 지으며 바깥으로 나와 섰다.

하우극과 태신청검이 바라보는 장원에는 우뚝 선 두 개의 첨탑, 태사첨탑의 위용만이 보이는 것이 아니었다.

하우극과 태신청검을 따르는 어전검대, 청랑검전, 그리고 그들을 믿는 제자들이 고결한 자태로 시립하고 있었다.

그들의 표정에는 승기가 담겨 있었다.

하우극은 뒤늦게 자신의 약한 모습을 돌아보았다.

태신청검은 나직이 하우극의 어깨를 잡으며 말했다.

"나를, 이 태신청검을 믿어라. 이 싸움에서 승리하는 것은 잠룡문이다."

원래의 실력보다 배는 강해 보이는 몸놀림으로 잠룡문도들은 동열대의 측면을 격살해 나가고 있었다.

안개가 허공에 형성되는 늦은 새벽.

동열대 모두는 흡사 그들이 짙은 안개 속에서 내려다보는 듯한 기분 나쁜 착각을 받았다.

"대운, 후미를 맡는다. 나머지는 일제히 돌격해 모찰의 중심부를 몰아친다."

쌍방 숫자는 비슷해 보였지만 측면은 물론 후방까지 압박을 받고 있었기 때문에 동열대의 피해는 더욱 컸다.

좌측이 무너졌다.

무너져 내린 축을 세우기 위해 공수 조율을 할 때면 또 다시 우측이 무너졌다.

전방을 확보하기 위해 내력을 끌어올릴 때면 후방이 무너져 내려 대열이 양단된다.

유기적으로 이어지는 진법의 형태는 숱한 혈쟁을 치러 온 오율 진인에게 있어서도 생소한 것이었다.

"죽어라!"

끌려 다니는 지금의 상황을 타개하기 위해서는 전방의 핵심 인물과의 싸움은 불가피했다.

하지만 다시금 거친 기합 소리와 함께 측면에서 공격이 들어왔다.

진법의 형태를 보아 제 아무리 실력이 일취월장한 곤륜도인들이 버티고 있다 한들 싸울 수 있는 공간을 찾지 못한다면 무용지물이었다.

"태신청검, 네놈의 등장이구나."

이런 식으로까지 상황을 끌 수 있는 존재는 오로지 단 한 사람뿐이다.

태신청검.

오율 진인은 분노에 가득찬 시선으로 잠룡문도의 검을 부수고 목숨을 취했다.

하지만 바닥에 쓰러지는 것은 아군이 더 많았다.

대운이 후미에 합류하자 후방의 붕괴는 더 이상 이어지지 않았다.

이글거리는 눈빛으로 최전선으로 달려간 오율 진인의 양옆에는 격노한 곤륜도인들이 함께했다.

오율 진인은 열세를 보이고 있는 동열대의 사정을 외면했다.

태신청검과의 싸움을 위해 오랫동안 몸을 단련해 왔다.

그의 목숨을 취한다면 이 모든 상황을 동열대쪽으로 유리하게 돌릴 수 있었다.

'환상이 아닐까.'

잔인하게 잠룡문도의 몸을 분해시키고, 십수 명의 상대를 한꺼번에 격살시켜 피보라를 불러일으켜도, 잠룡문도의 눈빛은 여전히 강렬하게 곤륜도인들을 향했다.

오랫동안 복수의 칼날을 품어 왔던 곤륜도인들 역시 마찬가지였다.

오율 진인은 매순간을 처음 발검하는 듯한 정신으로 잠룡문도들을 상대해 나갔다.

밀리고 밀리는 싸움을 반복하고 있는 때였다.

잠룡본산의 모든 것이라 할 수 있는 문주관을 잇는 유일한 다리 오적교에서는 단신의 사내가 우아한 자태로 오율 진인의 앞을 막아서고 있었다.

"태신청검……."

너무나도 오랜만이었지만 그의 모습을 잊을 수가 없다.

숱한 악몽이 되어 오율 진인을 밤낮으로 괴롭힌 존재였다.

그런 존재가 오율 진인의 앞에 서 있다.

들고 있는 낙화검에 검강이 발현된다.

태허도룡검의 마지막 극초식인 용헌태령곤륜검(龍獻兌靈崑崙劍)이 그 모용을 드러낸다.

보법은 운룡대구식(雲龍大九式).

한 마리의 용이 되어 태신청검에게 도약한다.

단전은 곤륜심법 심귀일강기(心歸一姜氣)의 힘을 빌려 폭포수처럼 내공을 온몸으로 콸콸 쏟아내기 시작했다.

이 자리까지 올라올 것이라 생각하지 못한 곤륜도인들은 낙화검을 늘어뜨리며 한매검진(寒梅劍陳)을 형성한다.

그들의 한이 진법이 되어 나타난다.

무당파의 도사들은 대천강검진(大天姜劍陳)에 몸을 얹으며 두둥실 떠올랐다.

태산보다 높게 솟아 오른 그들에게 잠룡문도들이 한없이 작아 보인다.

제갈세가의 제자들은 천기미리보(天機迷離步)의 시전에 혼을 담는다.

그들이 자랑하는 엽렵함은 강호의 모든 문파를 밀어낼 정도다.

온 지반이 흔들린다.

하늘이 구슬피 우는 듯 폭우를 쏟아낸다.

청연하기만 한 파란 봄 하늘에 어울리지 않는 폭우.

숭산을 마지막으로 적실 피보라를 씻어 내려는 신들의 생각일까?

떨어지는 빗물이 처음으로 누군가의 울음처럼 들려오는 새벽이었다.

*　　　*　　　*

멈추지 않을 것이라 생각했던 서종대의 진격이 낙양을 넘어선 이후 바로 멈추었다.

숭산으로 들어가는 길목을 막은 십존.

단지 막는 것에서 그치지 않고 잠룡문도들은 서종대를 말라 죽이기 위해 기회를 엿보고 있었다.

열혼랑이 심사숙고하여 보급대를 노렸던 기상천외한 책략이 잠룡 십존의 등장에 의해 때 아닌 장기전 양상을 만들게 되었다.

서종대는 전진을 하지 않는다면 보급을 위해 군세를 되돌려야 하는 최악의 상황을 맞고 있었던 것이다.

"함께 가고 싶습니다."

모든 이들의 힘이 하나 같이 필요한 상황.

이틀이라는 시간을 정체한 채 방법을 갈구하던 유겸의 앞에 누군가가 무릎을 꿇었다.

"그 상태로는 무리다."

한 명이 아닌 여러 명이었다.

수십 명의 무사 모두들 일전의 전투로 인해 오른팔을 잃거나 치명상을 입은 존재들이었다.

무엇이 그들의 몸을 채찍질하고 있는 것일까?

"무엇을 위해서 검을 드나?"

유겸은 막연히 그들에게 질문했다.

"소중한 것을 지키기 위해 검을 듭니다."

"그대들에게 소중한 것이 무엇이기에?"

"이 강호, 이 강호 말입니다."

그들은 진심으로 하나가 되어 유겸에게 간청했다.

유겸은 다시금 생각을 고쳤다.

무엇이 두려운 것인가.

싸움이 길어져 더 이상 보급이 없어서 망설였던 것인가?

그 말인즉슨 패배를 염두에 두었다는 말과도 같았다.

약한 모습.

모두가 이토록 되찾기를 원하는데 단지 패배 이후의 상황을 대비하기 위해 서종대를 정체시킬 수밖에 없었던 실세들은 뒤늦게 탄식했다.

'지키고 싶은 것이 있다라……'

유겸이 그토록 지키고 싶었던 것이 무엇이었을까?

모든 것을 잃어버렸다 생각한 지금.

끔찍한 무기력증에 시달리고 있는 이유는 당연히 아무 것도 남지 않았다는 공허감 때문이었다.

유겸은 쓴웃음을 지으며 다시 마음을 가다듬었다.

모두가 바라는 공통의 목표를 새긴다.

그것은 강호다.

그날밤 그들은 모두 하나가 되어 철옹성과도 같은 잠룡 십존을 향해, 그뒤에 기다리는 숭산을 향해 마지막 도움닫기를 실행에 옮겼다.

　서종대를 섬멸하라 명을 받았던 잠룡 십존은 숭산의 초입을 지킨 지 정확히 사흘이 지난 밤, 서종대가 걸어온 전형적인 전면전에 의해 굳건히 지켰던 길목을 내줄 수밖에 없었다.
　그 누구도 예상하지 못한 서종대의 힘.
　그 힘은 무림맹의 뜻이 되어 더욱 높게 잠룡본산을 향해 나아가고 있었다.

＊　　　＊　　　＊

　"대운!"
　오율 진인은 탄식할 수밖에 없었다.
　너무나도 강력한 힘이다.
　그토록 강하다 자부한 곤륜도인들이 믿을 수 없는 태신청검의 힘에 의해 목숨을 잃고 있었다.
　완연한 아름다움을 뽐내던 오적교의 전경은 처참 그 자체였다.
　을씨년스러운 분위기의 숭산은 동열대원들과 잠룡문도간의 치열한 접전으로 인한 피보라로 빨갛게 물들어갔다.
　허물어지는 몸을 추스르지 못하고 의영 진인은 의식을 잃었다.

그의 단전에서는 투명한 피가 흘렀다.

무인으로서 목숨을 잃는 것, 그보다 절망적인 일은 없었다.

쿨럭—

태신청검의 각법이 다시 발휘됐다.

그 대상이 되었던 제갈여명은 넉 장 이상을 훨훨 날며 나무 사이에 내다 꽂혔다.

그는 인사불성이 되어 고개를 떨구었다.

오율 진인의 측면과 후방을 엄호하던 의영 진인과 제갈여명이 목숨을 잃은 상태.

숭산행을 택한 곤륜도인들의 대부분은 목숨을 잃은 뒤였다.

피보라가 난무하는 오적교를 사이에 둔 채 존재하는 것은 오로지 오율 진인과 태신청검뿐이었다.

“믿을 수 없는 힘이구나.”

지치지 않을 거라 생각했던 태신청검 역시 처음과는 달리 흔들리고 있었다.

흐트러진 도포 사이로 보이는 출혈이 그것을 반증했고, 그의 단전은 고갈에 가까워지고 있을 것이었다.

“현경에 올랐다는 말냐…….”

잠룡문의 비대한 성장은 결코 우연이 아니었다.

태신청검의 믿을 수 없는 성장이 그것을 증거했다.

이번이 마지막 전투라 생각하며 동열대는 혼신의 힘을 다해 동귀어진했다.

그것을 막아서는 잠룡문도들.

비단 태신청검뿐만 아니라 영광스럽게 목숨을 다한 하우극과 그를 따르는 어전검대는 과연 명불허전이었다.

이제 지겹기만 한 잠룡문과의 혈쟁이 종전에 이르렀다.

'아마 그 끝을 볼 수 없겠지……. 나 또한 태신청검에게 목숨을 잃을 테니까.'

오율 진인은 씁쓸한 미소를 지었다.

이가 빠진 낙화검은 수명을 잃은 듯 내력이 끊기기가 무섭게 바람과 함께 기화되었다.

더 이상 싸울 여력이 없는 오율 진인은 주변을 둘러보았다.

의지와는 달리 무너져 내리는 몸을 추스를 겨를도 없이 곤륜도인들은 차가운 바닥에 쓰러져 간다.

"아직도 이 혈쟁의 승자가 잠룡문이라 생각하나?"

오율 진인은 표정 변화가 없는 태신청검에게 그렇게 물었다.

"단지 잠룡문과 무림맹의 싸움이라면 그렇다고 장담한다."

"무슨 뜻이지?"

"심명 선인은 살아 있다."

이해할 수 없는 태신청검의 말은 오율 진인이 그토록 찾아 헤맸던 소식이었다.

"그게 무슨 말이냐!"

태신청검은 대답 대신 들고 있는 적월검에 다시금 내력을 불어넣었다.

웅웅거리는 소리와 함께 넉 장이 넘는 검강이 적월검에 발현되었다.

태신청검은 엄청난 속도로 오율 진인의 앞으로 다가왔다.

"죽는다면 모든 것을 알게 되지 않을까?"

불시에 이루어진 공격에 오율 진인은 급격히 몸을 비틀었다.

호신강기를 극으로 끌어올리며 첫 번째 공격을 피하는 것은 성공했지만, 두 번째 이어지는 연환 공격은 피할 재간이 없었다.

결국 오른쪽 어깨에 심각한 검상을 입은 오율 진인은 비틀거렸다.

"나와 심명 선인의 싸움이라면 이야기가 달라지겠지. 아직까지 그 싸움의 결과는 나조차도 예측할 수 없다."

단순명료한 답변을 끝으로 태신청검의 적월검이 수직으로 내리꽂혔다.

아니 그 공격은 끝까지 이어지지 못했다.

쩌저저저적—

날카롭던 적월검이 허공에서 공중분해되었다.

엄청난 공력이 반대 방향에서부터 쏘아지며 태신청검의 급소를 노려왔다.

바스러진 적월검에 아랑곳하지 않고 태신청검은 오히려 스산한 표정을 지으며 도포 사이에서 무언가를 꺼내들었다.

호조.

태신청검에게 있어 분신이라 할 수 있는 최강의 병기, 쌍범 호조의 등장이었다.

태신청검은 아주 잠깐 오율 진인과 시선을 마주했다.

"네가 운이 좋다는 것은 시간이 지나야 알 수 있겠구나."

여러 갈래로 바스러진 파편의 일부가 오율 진인의 가슴팍에 꽂힌 상태였다.

오율 진인은 곧장 허물어졌지만 그의 시선은 여전히 태신청검에게서 뻗어나온 공력의 흐름을 쫓았다.

멀지 않은 곳에서 두 마리의 용이 맞붙었다.

"곤륜의 용이다……."

잊을 수 없는 초식이 하늘에 수를 놓고 있었다.

그다.

심명 선인, 그가 돌아왔다.

오율 진인은 희미해져만 가는 의식을 결국 잃었다.

"네 녀석의 정체는 무엇인가?"

유겸은 태신청검을 바라보며 물었다.

태신청검은 어깨를 으쓱했다.

얼마 전 재완성된 두 개의 첨탑은 숭산이 동열대와의 전투를 시작함과 동시에 균열을 보이며 무너져 내렸다.

오 년의 복원 기간은 짧았다는 말인가?

태신청검은 쓴웃음을 지었다.

"그게 중요한가, 지금?"

"중요하지 않지."

유겸은 태신청검이 현경에 올라섰다는 사실을 자신의 일격을 튕겨 냈다는 점에서 짐작할 수 있었다.

한 하늘에 두 명의 지존이 존재할 수 없는 법.

더 이상 태신청검의 정체는 중요하지 않다.

지나간 역사가 반증하듯 그는 강호가 필요로 하지 않는 존재일 뿐이다.

사라져야만 할 존재.

유겸을 표정을 굳혔다.

"자, 이제 미련없이 혼신의 힘을 다해 싸우는 일만이 남아 있는 건가?"

"황천길이 외롭지는 않겠군. 원한다면 삼도천까지 함께 해주지.”

“겨우 삼도천까지만인가? 함께 죽을 수밖에 없다면 지옥의 끝, 황옥까지 따라가 고통을 안겨주겠다, 운유겸.”

그렇게 태신청검과 유겸은 서로를 응시했다.

그 누구보다도 서로 마지막 싸움을 원하고 있었다.

아침 여명이 밝았다.

강렬한 태양에 굴절되어 빛을 바라는 한 자루의 낙화검과 마지막까지 긴 새벽의 어두움을 담고 있는 두 쌍의 호조가 치켜 올라갔다.

그들은 그렇게 누가 먼저라고 할 것 없이 서로를 향해 달려 나갔다.

봄의 태양이 어울리지 않게 열기를 발했다.

청량한 하늘 위 뭉게구름 사이로 고개를 드러낸 따가운 햇살은 여지없이 혈쟁의 마지막 장소인 태사첨탑의 중앙, 그리고 숭산 전경을 비추고 있었다.

무림맹원들의 피가 주변에 없었다면 무척이나 아름다운 조화경이 펼쳐졌을 것이리라.

철새가 계절을 따라 어울리지 않게 피로 물든 숭산에 다가온다.

풀벌레의 노랫소리가 가락이 되어 심심하지만은 않은 오

적교에는 뒤늦게 승전보를 가지고 온 서종대의 행렬로 가득
했다.

모두가 기다리던 평화가 만 천하에 공개될 시간만 남겨둔
그때.

청풍의를 입은 두 명의 사내는 우아한 자태를 나란히 하고
서로를 향해 질풍처럼 질주해 나가기 시작했다.

"그때 그가 곧바로 오율 진인의 목숨을 구하지 않고 서종 대와 느긋하게 숭산에 올랐다면 지금의 곤륜파는 정말 역사의 그늘 너머로 사라졌었겠지. 심명 선인, 아니 유겸을 제외한다면 문파를 재건할 수 있는 역량을 가진 존재는 오로지 오율 진인뿐이었으니까."

"오율 진인은 가슴에 치명상을 입었다고 들었는데? 결국 살아남았군. 역시나 대단해."

"그래서 어떻게 되었나? 마지막 싸움에서 승리한 게 유겸이었나, 태신청검이었나?"

“어허, 앞서가지 말게. 나는 지금 곤륜파, 아니 오율 진인의 이야기를 하고 있다네.”

시끄러운 분위기가 오가고 먹거리와 술이 있다.

그리고 안주거리로는 빠질 수 없는 담화도 있다.

수많은 사람들을 한 자리에 모아 놓고 담화를 이끌어 가는 노년의 사내는 다름 아닌 의영이라 불리는 낙양 최고의 달변가였다.

벌써 삼십여 년이 더 된 과거 영웅의 일대기를, 그것도 수많은 사람들의 입으로 전해지면서 미화된 식상한 잠룡문 정벌 이야기를 사람들은 질려하는 기색없이 경청했다.

“자네들도 알다시피 곤륜파는 빼앗겼던 곤륜산을 되찾았고, 심명 선인을 대신하여 오율 진인은 장문인에 자리에 오르게 되었지, 사실 혈쟁으로 인해 오대강파라는 수식어가 부끄러울 정도로 곤륜파의 사정은 형편없어졌지만, 그때 당시 강호를 주름잡던 수많은 문파들이 잠룡문과의 혈쟁으로 인해 풍전등화의 상황을 맞았기에 오히려 곤륜파의 사정이 양호한 편이었다네.”

“그래, 의영의 말이 맞네. 단 삼십 년 만에 무림 최고의 문파가 되었으니까 말이야.”

의영의 말에 맞장구를 치며 모두는 공감했다.

“결국 혈쟁은 무림맹의 승리로 막을 내렸다네, 잠룡문은 멸문지화를 당했고 강호는 다시금 평화를 되찾았어. 아, 이제 모두가 궁금해하는 부분을 이야기해 줘야겠군.”

의영은 잔뜩 자세를 잡았다.

손에 잡힌 청엽주를 입에 털어 넣은 그는 계속해서 이야기를 이어나갔다.

“그게 말일세…….”

쿠당탕—

그때였다.

의영이 앉아 있던 의자가 갑작스럽게 붕 뜨며 그가 누군가의 힘에 의해 형편없이 바닥에 나뒹굴었다.

“네놈이 낙양의 의영이라는 잡소리꾼이군!”

등 뒤에 열 명의 건장한 사내들을 이끌고 온 우람한 풍채의 남자가 의영의 멱살을 잡아 올리며 외쳤다.

그는 낙양에 상주하는 사람이라면 모를 리가 없는 떠오르는 낙양검가의 적손 청계(請計)라는 무인이었다.

의영은 청계에게 물었다.

“당최 무슨 말인지 이해하지 못하겠소.”

“네놈의 그 잘난 혀로 우리 낙양검가의 역사를 우롱하는 담화를 저자에 퍼뜨리다니, 내 응당 네놈의 목을 베어 죗값을 받아야겠다.”

“하하하하.”

청계의 발언에 의영은 오히려 거하게 웃어젖히며 반박했다.

"낙양검가의 역사가 오백 년에 이르렀다는 것은 순 허풍이 아니겠소. 고작 십 년도 채 되지 않은 역사를 가지고 오백여 년의 역사를 가지고 있다 객기를 부리다니, 부끄럽지 않소?"

청계는 의영의 말에 표정을 더욱 붉히며 손을 들어올렸다.

우락부락한 청계의 손이 의영의 안면에 강타했다.

아니, 강타할 뻔했다.

척—

누군가가 그림자처럼 다가서며 청계의 손을 잡았다.

공력이 있는 것 마냥 거친 파공성을 몰고 왔던 청계의 주먹은 너무나도 쉽사리 차단당했다.

청계는 무기력하게 잡혀 있는 자신의 손을 빼내기 위해 안간힘을 썼지만 그럴수록 상대의 손에 더욱 단단히 결박되었다.

갑자기 나타나 의영을 보호한 사내는 청계의 다리를 차 가볍게 넘어뜨렸다.

칠 척이 넘어가는 거구가 쿵 소리를 내며 바닥에 떨어지자 그와 대동했던 문하생들은 발검하며 사내를 경계했다.

사내는 되려 미소를 지으며 허리춤에 손을 가져갔다.

그렇게 잠시.

　들고 있던 모든 문하생들의 검은 반 토막이 나 바닥에 나뒹굴었다.

　엄청난 빠르기의 쾌검.

　초고수의 위용에 문하생들은 잔뜩 굳었다가, 걸음아 나 살려라 도망쳤다.

　청계의 행패에 의영의 이야기를 경청하던 무리들도 뿔뿔이 흩어졌다.

　의영은 자신을 보호한 사내와 함께 바깥으로 나와 길을 걸었다.

　"오랜만이군."

　의영은 사내에게 익숙한 인사를 건넸다. 사내는 주변을 두리번거리다 목소리를 낮춰 말했다.

　"바깥은 너무나도 위험합니다. 무당산으로 돌아오시는 것이 어떻겠습니까, 문주님……."

　"무인으로서 생명을 잃었어. 더 이상 무인으로서 살아갈 자격이 없는데 무슨 말을 하는 건가. 형아(兄兒), 잊지 마라. 무당파의 장문은 내가 아니라 자네야."

　"사숙……."

　달변가의 정체는 다름 아닌 무당파의 전대 장문인인 의영 진인이었다.

　그런 그를 수호한 사내는 무당파의 새 장문인의 자리에 오른 형아 명인이었다.

"더 이상 삶의 의미가 없다 생각했는데 이 혀를 사용하는 일도 그럭저럭 재밌다네. 짐짓 과거 생각도 되고 말이야."

의영은 문득 함께 걸음을 옮기는 형아 명인에게 시선을 던졌다.

"내 아직도 잊지 못한다지. 형아 너 역시 유겸과 태신청검의 마지막 결전에 대해 궁금해 하는 눈치였는데 말이야."

형아 명인은 의영의 말에 무의식적으로 고개를 끄덕였다.

그를 포함한 현재의 세인들은 미화된 이야기로만 혈쟁의 결말을 전해들었다.

모든 진실은 현장에 있었던 의영만이 알고 있으리라.

형아 명인은 자신도 모르게 의영의 말에 빠져들었다.

"그게 어떻게 되었냐면 말이지……."

『곤륜기신』 완결

조종호 新무협 판타지 소설

十度化身

십변화신

"너는 죽는다."

"……!"

뇌서중은 자신도 모르게 번쩍 고개를 치켜들어 뇌력군을 올려다봤다.

"다시 말해주랴? 난호가 망혼곡에 들어가면 네놈은 반드시 죽는다."

비밀에 싸인 중원 최고의 살수문파 망혼곡(忘魂谷).
그곳에서 십 년 만에 돌아온 화사평은 기억을 지우고
평화로운 삶을 꿈꾸지만,
주위엔 가문을 위협하는 자들이 존재하고 있었으니…….

그의 손엔 망혼곡 삼대기문병기
용편검(龍鞭劍), 명혼기수(冥魂起手), 엽섬비(葉閃匕).
얼굴엔 서로 다른 열 개의 괴이한 가면.

망혼곡주 십변화신!
그가 일으키는 폭풍의 무림행!

Book Publishing CHUNGEORAM

백야 新무협 판타지 소설

「무림포두」, 「염왕」의 작가 백야!
그가 칠 년 동안 갈고닦아 온 역작 「취불광도」!

강호 일신(一神), 검신 한담(邯覃).
오직 검 한 자루로 무림을 지배하고 다스리는 인물.
강호를 지배하는 또 하나의 손, 또 하나의 검……

기이한 파계승의 손에서 자란 나정은 스승과 함께 떠난 무림행에서
이십 년 전의 혈난을 만들어낸 금단의 무공을 만나게 되고……

그에게 잠재되어 있던 거대한 힘이 운명의 안배에 따라 깨어난다!

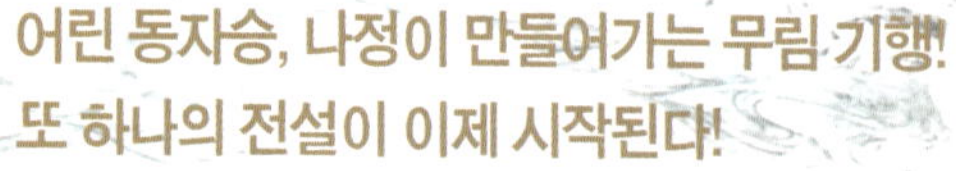

어린 동자승, 나정이 만들어가는 무림 기행!
또 하나의 전설이 이제 시작된다!

Book Publishing CHUNGEORAM

유행이 아닌 자유추구 -
WWW. chungeoram.com

눈매 新무협 판타지 소설

강호가 혼란할 때마다 나타났던 전설의 문파
강호인들은 그들을 무적문이라 부른다.

마도천하의 시대. 명문정파 비검문은 유일한 계승자인 설화를 보호하기 위해
표운성이라는 청년을 찾는데……

"헤헤. 돈 좀 주셔야겠는데요?"

걸핏하면 돈! 돈! 돈!
세상에서 가장 좋은 것도 돈이요, 가장 귀한 것도 돈이다.

그를 은밀히 따르는 어둠 속의 사군자(死軍者)들
서서히 드러나는 무적문의 실체

"은자의 은혜만 받는다면 나 표운성, 이루지 못할 것은 없다!"
돈에 환장한 문주가 나타났다!

Book Publishing CHUNGEORAM

유행이 아닌 자유추구 —
WWW.chungeoram.com

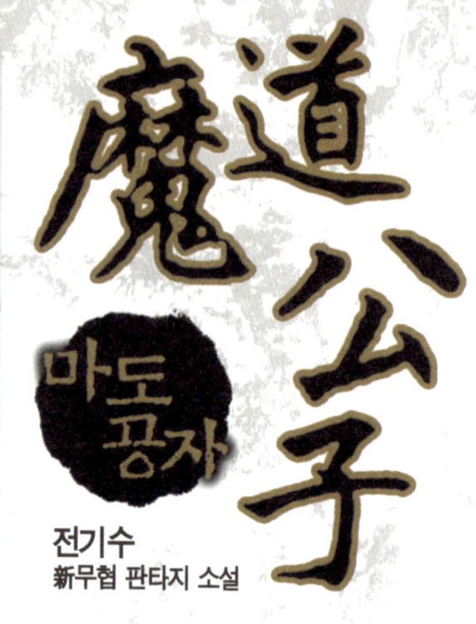

Book Publishing CHUNGEORAM

魔道公子
마도
공자

전기수
新무협 판타지 소설

2011년 새해
청어람이 자신있게 추천하는 신무협!

봉마곡에 갇힌 세 마두. 검마, 마의, 독마군.
몇십 년 동안 으르렁대며 살던 그들에게 눈 오는 아침, 하늘은 한 아이를 내려준다.

육아에는 무식한 세 마두에 의해
백호의 젖을 빨고 온갖 기를 주입당하면서 무럭무럭 성장한 마설천!

세 마두의 손에서 자라난 한 아이로 인해 이변이 일어나고,
파란이 생기고, 이윽고 강호에 새로운 바람이 불어온다!

마도를 뛰어넘어 천하를 호령할
마설천의 유쾌한 무림 소요기!

유행이 아닌 자유추구 —
WWW.chungeoram.com
Book Publishing CHUNGEORAM